图书在版编目（CIP）数据

你的懒惰让我愁肠百结：菲茨杰拉德致女儿书／
（美）F.S.菲茨杰拉德著；（美）安德鲁·特恩布尔编；
蒋慧译 .-- 成都：四川人民出版社，2021.12（2023.2 重印）

ISBN 978-7-220-12452-5

Ⅰ.①你… Ⅱ.①F…②安…③蒋… Ⅲ.①书信集
—美国—现代 Ⅳ.①I712.65

中国版本图书馆 CIP 数据核字 (2021) 第 229535 号

NIDE LANDUO RANGWO CHOUCHANGBAIJIE FEICIJIELADE ZHINVERSHU

你的懒惰让我愁肠百结：菲茨杰拉德致女儿书

著　　者	［美］F.S.菲茨杰拉德
编　　者	［美］安德鲁·特恩布尔
译　　者	蒋　慧
选题策划	后浪出版公司
出版统筹	吴兴元
编辑统筹	尚　飞
特约编辑	郝晨宇
责任编辑	唐　婧
装帧制造	墨白空间·Yichen
营销推广	ONEBOOK
出版发行	四川人民出版社（成都市三色路 238 号）
网　　址	http://www.scpph.com
E － mail	scrmcbs@sina.com
印　　刷	天津图文方嘉印刷有限公司
成品尺寸	130mm×185mm
印　　张	8.25
字　　数	105 千
版　　次	2021 年 12 月第 1 版
印　　次	2023 年 2 月第 3 次
书　　号	978-7-220-12452-5
定　　价	68.00 元

LETTERS TO HIS DAUGHTER

你的懒惰让我愁肠百结

菲茨杰拉德致女儿书

［美］F.S.菲茨杰拉德　著

［美］安德鲁·特恩布尔　编

蒋慧　译　　　YiLi　绘

四川人民出版社

著者 | **F.S. 菲茨杰拉德**（Francis Scott Fitzgerald，1896—1940）
20 世纪美国最杰出的作家之一。"爵士时代"的代言人和"迷惘的一代"的代表作家，他的小说反映了"美国梦"的破灭，展示了大萧条时期美国上层社会荒凉的精神面。代表作有《了不起的盖茨比》《夜色温柔》等。

编者 | **安德鲁·特恩布尔**（Andrew Turnbull，1922—1970）
1922 年出生于美国巴尔的摩，1942 年毕业于普林斯顿大学，曾在麻省理工学院人文学科任讲师。他从小便是菲茨杰拉德一家的朋友，在本书收录的信中也多次提及安德鲁。1962 年，他创作出版传记作品《斯科特·菲茨杰拉德》。

译者 | **蒋慧**
出生于江苏泰州，曾任记者、编辑，作品曾获赵超构新闻奖。现居南京，为全职译者、撰稿人。

绘者 | **YiLi**
中国漫画家、平面设计师，毕业于芝加哥艺术学院，代表作品包括《大卫》《瑜伽垫》等。

插画师哈里森·费希尔（Harrison Fisher）绘制菲茨杰拉德夫妇肖像画

1921 年，菲茨杰拉德和怀孕的泽尔达，斯科蒂出生前一个月

1937 年，41 岁的菲茨杰拉德

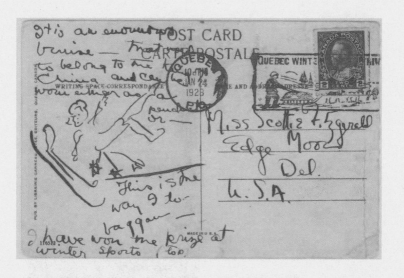

泽尔达从魁北克寄给女儿的明信片，1928 年 1 月 24 日

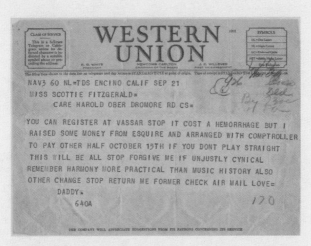

菲茨杰拉德给女儿的电报，1939 年 9 月 21 日

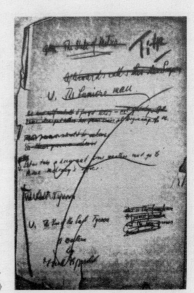

菲茨杰拉德的一页笔记，
可能是关于他的未竟之作《末代大亨的情缘》

说
明 [1]

信件的精髓在于让人得以窥其全貌，因此本书所录信件均未加删减——处理某些有冒犯生者之嫌的段落时除外，多数情况下，将人名隐去即可。菲茨杰拉德有时会以三个点为标点符号，所以删节处均用四个点标出。除断句不清之处，本书基本沿用菲茨杰拉德原本的标点符号，唯规范了斜体与引号的使用（书名、剧名、电影名、报刊杂志的名称都用斜体，诗题与小说标题则用引号）。他对书名或诗题的记忆偶有偏差，不过不难辨识，因此书中保留了原文。菲茨杰拉德不善拼写，经常根据音节，信手犯下一些错误，如"definate""critisism"，人名也是他的至大弱点。他总是颠倒"Dreiser""Stein""Hergesheimer"中的"e"和"i"，也会将在书刊中看过上百次的"Hemingway"写作"Hemmingway"或"Hemminway"，还有本事把"Ernest"错写成"Earnest"。读者若对此

---

1. 此为原版编者说明，虽与中文版无甚相关，但从中也可一窥菲茨杰拉德的写作习惯和性格，故保留。

1

有兴趣，可以在此前关于他的书里找出许多例子。本书中似乎逐一修正为宜。

——安德鲁·特恩布尔[1]

---

1. 安德鲁·特恩布尔（Andrew Turnbull，1922-1970），本书原版编辑，也是菲茨杰拉德一家的朋友。20 世纪 30 年代初，菲茨杰拉德住在巴尔的摩时，正是住在安德鲁家中，当时安德鲁才 11 岁，和菲茨杰拉德的女儿也成为了朋友。在本书收录的信中也数次提及安德鲁。

译者序

这些信写于菲茨杰拉德最后的那几年，他遥遥陪伴青春期横冲直撞、旁逸斜出的女儿，同时也有一份属于自己的挣扎要去面对。

那时天才渐渐步入失意中年，市面上几乎已经找不到自己的书，患病的妻子耗掉了大部分收入，女儿的开销从学费到膳宿、到丰富的暑期节目都耽搁不得。曾"心怀伟大的梦想"的菲茨杰拉德开始"因不善赚钱和曾经轻狂而痛苦"。金钱所逼，他第三次去好莱坞讨生活。天才最终当起了商业规则下的打工仔，为电影遭禁愤愤不平，为合同续约拼命表现，为卖掉剧本激动不已……他在繁重工作的空隙里给女儿写信，事业的艰辛他"不指望你（女儿）能明白"，只说："你别惹麻烦，就是在帮我们的大忙。"偏偏青春期的女儿有时懒洋洋，有时爱扯谎，有时贪慕虚荣，有时满心情爱，甚至差点没法考上大学。菲茨杰拉德气急了，在信里写下：

你意识不到我在这里所做的已是一个人的强弩之末，这个人曾经创作出更优秀的作品。我已经没有足够的精力，或者说没有足够的钱，去负担一个沉重的人，而且每当我发觉自己在做这样的事，我就满心恼火与怨恨。

　　菲茨杰拉德自知在好莱坞是消耗自己的天才，抚养妻女的重担时刻压在肩上，他诚恳地与女儿谈起妻子的弱点，只求女儿不要成为妻子那样的"闲人"——"那种会将自己和别人一齐毁掉的人"。苦心孤诣得不到回应时，他恼火而灰心地说："我一边跟你争执，一边还得尽量令你生活舒适——这根本违反人性。我宁愿买辆新车。"这当然也是气话。

　　凭着天然的父爱，天才依然甘心地消耗自己，在拮据中妥帖地为女儿安排一切：圣诞节的舞会、暑期的欧洲之行、闺蜜的昂贵礼物……为了让女儿去得了暑期学校，他"必须为此承担更多的工作"，曾在病中哀叹"真不知道这次回到电影业是为了什么"的菲茨杰拉德说："我非常乐意这么做。"除了竭力提供足够的生活费，他也在各种细微之处关心着女儿。作业、选课、阅读、人际关系、择偶标准，等等。

读这些信，是在读一位文学天才写给女儿的特殊作品，他时常会在信里讨论济慈、亨利·詹姆斯、海明威，在女儿有志于写作时给予提点，"这是一项孤独的事业……如果你终究打算踏上这行，我希望你带上这些我花了很多年才学会的道理"；也是在读一位普通父亲对女儿的拳拳之心，得知女儿有了心上人时，他问出了一长串值得每位陷入恋情的女子深思的问题：

他独立自主吗？他有魄力吗？有想象力和善心吗？他读书吗？他除了享受物质与猎杀鸭子外，还爱好某种艺术、某门科学或其他的什么东西吗？简而言之，他有没有可能成长为一个令人很想与之共度终身的人？

谁不羡慕被这般细腻、温柔、毫无保留地爱过的女儿。菲茨杰拉德哪怕在盛怒中，也会坦诚剖白："不管发生了什么，由于你母亲的疾病，我总有与你相依为命之感。"哪怕通篇是责怪，落款也总是"爱你的""最爱你的"。然而表达得如此淋漓尽致的父爱，也并非当即得到了珍重，菲茨杰拉德的女儿多年后回忆："这些绝妙的信件，这些智慧与文体的珍珠，会寄到瓦萨，而我只是匆匆看一眼，拣出附上的支票和信上的新闻，然后就把它们丢进了右手边的抽屉。"一对妙笔生花的父女也会彼此置气，一次争执与冷战之后，菲茨杰拉德写道：

我记得很久之前，我有个经常给我写信的女儿，可如今我不知道她去了哪里，也不知道她在做什么，所以我坐在这里，听着普契尼："有天她会写信来。"

那时距他猝然离世不足两个月。

也许父爱总是要经历辜负，对山谷呐喊却没有一丝回响，向湖心投石但不见一丝涟漪。等哪天儿女长大成人，回头再看，才能拨开少年时代眼前的迷雾，直抵那种深沉而晦涩的感情，那时是否还有一个父亲可与自己相视一笑，全凭运气。

这些书信为这位天才的父爱赋形，这样的载体也几乎成了年代久远的独特浪漫。我们或许没有一位天才父亲，没有这样清晰的父爱标志物，却往往拥有同样以消耗自己的光芒来托起子女的父亲，他被生活驱赶时，努力为我们搭一顶帐篷，他的爱没有落在纸上，但一次车站送别的凝望、一件雨天披上的外套、一杯病中递来的热水，就凝成了属于我们的琥珀。大抵，为人父本身就是一份需要天才的天职。

蒋慧

2021 年 5 月

目 录

1933 年，
女儿 12 岁

今天头脑空空，似乎从起床开始就只为给《星期六晚邮报》写一则小说。我想起了你而且一想起你，我就满心愉快。

1933 年 8 月 8 日

马里兰州 陶森市

罗杰斯福奇和平酒店

亲爱的甜心：

我很关心你的学业。跟我多讲讲法语阅读的情况，好吗？你觉得快乐，我为你高兴——可快乐这回事我向来不大相信。我也一直不大相信痛苦。快乐与痛苦，你能在舞台上、荧幕上或书刊里见着，却不会真的在生活中遇上。

生活中我只相信天道酬勤（回报依天赋多寡而定），以及蹉跎岁月必将加倍受罚。如果营地图书馆里有《莎士比亚十四行诗》，你可以向泰森夫人申请查阅其中一首吗，诗里有这么一句："烂百合花比野草更臭得难受。[1]"

今天头脑空空，似乎从起床开始就只为给《星期六晚

---

1 出自《莎士比亚十四行诗》第九十四首，上一句为"极香的东西一腐烂就成极臭"（梁宗岱译）。[译注]（若无特别说明，本书注释均为译者注）。

邮报》写一则小说。我想起了你，而且一想起你，我就满心愉快。不过你要是再唤我"爸比"，我就会拿出"白猫"，用力打他的屁股，你每无礼一次，我就打他六下。你觉得如何？

夏令营的费用我会付的。

小傻瓜，我就说到这里。

该忧心的事：

忧心勇气

忧心洁净

忧心效率

忧心骑术

忧心……

不该忧心的事：

不要忧心舆论

不要忧心玩偶

不要忧心过去

不要忧心未来

不要忧心成长

不要忧心被人超越

不要忧心胜利

不要忧心失败，除非你是咎由自取

不要忧心蚊子

不要忧心苍蝇

总之不要忧心昆虫

不要忧心父母

不要忧心男孩

不要忧心失望

不要忧心欢愉

不要忧心满足

该思考的事：

我的目标究竟是什么？

在这些方面，我与同侪相比有何优势：

1. 学业；

2. 我真的了解别人吗？我能与别人融洽相处吗？

3. 我是在努力强健体魄，让它发挥作用，还是在忽视健康？

最爱你的

爸爸

又及，你要是叫我"爸比"，作为回敬，我只能叫你"蛋蛋"。"蛋蛋"，就是说你还年幼，我可以随心所欲地把你敲碎或掰开。要是我把这个绰号告诉你的伙伴，我想他们一定忘不了。"蛋蛋菲茨杰拉德。"如果一辈子被叫作"蛋蛋菲茨杰拉德""臭蛋菲茨杰拉德"或别人想出来的各种各样的绰号，你会作何感想？我对天发誓，你若再敢叫一次"爸比"，我就会把"蛋蛋"这个名字挂在你身上，要怎么摆脱它，就全靠你自己了。何苦自寻烦恼呢？

无论如何，爱你。

1935 年，
女儿 14 岁

"预言家老爸！"

我能听到你的嗤笑。

天知道我多希望自己别总能将你的未来看透。

斯科蒂娜：

　　见到你真好，我很喜欢跟你在一起（撇除我素来对你的爱不谈）。你对大人更友好了——你就快熬过少女时代最别扭的那几年了，这通常发生在 12—15 岁，不过我想，你的成熟会来得早一些——大概会在 14 岁。你将迎来一次巨大的打击，不过——好吧：

　　"预言家老爸！"我能听到你的嗤笑。天知道我多希望自己别总能将你的未来看透。我之所以写下那则关于被忽略的事的"新闻"，你知道的，就是那封让你困惑的信，还给它起了个标题——"斯科蒂昏了头"，是因为我早就料到会发生这样的事。我就知道，只要俘获两三个少年的痴心，你就会觉得自己足以跟希巴女王[1]媲美，就会"头脑发昏"。这种得意忘形会导致什么，我却没能料到——我怎么也不会猜到，你竟会给一个男孩写上许多轻率的信，而这个男孩又八卦又轻浮，还把你的信拿给不相干的人看。（要知道：这件事我倒不大怪安德鲁[2]——犯错的是你，请注意，他没有写信剖析自己最要好的同性朋友！）

不过，这也没什么大不了的。但我想，后续打击不会太轻——你会撑过去的，之后你行事会更稳妥。要避免这些打击，你几乎必须先亲身经历，这样你才会发现，别人的自尊心也跟你一样强。所以这事我不太为你担心。不过，我希望这次打击别太沉重，别毁了你的自信，建立在勤勉、勇气等美德之上的自信是迷人的，然而，如果你自私自利，这份自信还是早日挫败的好。如果你不自私，你尽可以继续保持自信——有自信挺好的。我到了15岁才发觉，这世上除了我，还有别人，为此我栽了不少跟头。

你根深蒂固的自负由此可见一斑：欧文斯夫人[3]跟我

1　《圣经·旧约》中的人物，传说她是阿拉伯半岛的女王，姿容惊艳，与所罗门王有过一场甜蜜的恋情，并育有一子。

2　安德鲁·特恩布尔。[原注]

3　欧文斯夫人自1932年5月起任菲茨杰拉德的秘书。[原注]

说（欧文斯夫人很爱你）："这些年里，斯科蒂第一次这么友好，不像我预期的那么烦人。跟她在一起真的很愉快。"

我猜，这是因为你第一次走进他们的生活——为生计挣扎之人的平凡生活，而不是执着地要他们走进你的"上流"生活——他们也从来没有这样的机会。从前，你总是让他们觉得，对你来说，你做的事、你自己的活动是顶顶重要的。这倒不是说你势利——天晓得我一直在小心防范这一点，而是因为你根本从未考虑过他们的生活和他们的世界，连装装样子都不愿意！你丝毫没有，丝毫没有考虑过他们在想什么，也没有考虑过帮助他们。

你去了诺福克[1]，并且（通过泰莱斯、安娜贝尔、妈妈）放出消息：你会前往多布斯。这也没什么，只不过泄露了你的炫耀之情。你明知此行还没定下来。再一次，你选择了自我吹嘘和"自我推销"。你没有意识到自己只是人类中的年轻一员，尚未用任何方式证明自己——除了最肤浅的那种（我亲眼见过十五岁的"万人迷女孩"不到六个月就落魄不已，只因她们本性自私）。跟这一点比起来，巨

1　美国城市，地属弗吉尼亚州，位于伊丽莎白河畔。

大灾难（它将如期而至——我想尽力帮你减轻，但它无可避免，因为只有吃一堑，才能长一智）的迹象就不那么重要了。你和皮驰思[1]（我觉得她不自私）过早萌发了肤浅的美貌意识，然而，接下来的两年里，你会发现，越来越多长相平凡的女孩能吸引到更可靠、更深沉的男孩。你和皮驰思都很聪明，但你们会因为这方面的早熟而走弯路，不过我有预感，她不会头脑发昏；她也不像你这么"能言善辩"——很多时候她只是笑与沉默。所以我无比希望你抽空写点东西——哪怕只是一出独幕剧，讲讲澡堂里、帐篷内或通往营地的火车上的女生日常。

你怕是听烦了，不过接下来的一个月，我大概不会再给你写信了。不要回信辩解——我当然知道你已经"尽力"了。

这封信的重点是：

第一，你的确得意忘形了，太轻率了！

第二，你就快脱离自私期了——谢天谢地！

第三，但你还需要一次巨大的打击，但愿它轻一点，

1　皮驰思·芬妮，斯科蒂的闺蜜。[原注]

这样你的后背就不会太遭罪。

　　第四，我希望你能抽出片刻，不去思索你那高贵的自我，而是为我写一出关于别人——关于他们的言行举止——的独幕剧。

最爱你的

你最最完美的

爸爸

　　请从头开始，再读一遍这封信！信里有太多苦心孤诣，初初读起来难以消化。就像弥尔顿——啊，没错！

亲爱的：

我临时造访纽约，昨天下午只跟爱丽莎·兰迪[1]待在一起，夜里她便乘船去了欧洲。她人很好。

今年夏天我不打算写太多信给你，但你知道，我会一直牵挂着你。关于骑术，记住一点——骑马不能像游泳那样随心所欲，因为骑马除了关乎你自己，还关乎另一个因素：马。因此，不管你的骑术有多高超，只要马不行，就可能出问题。这跟跳水不一样，跳水出了问题，只能怪你自己。记住，凡是骑术教练不允许的事，都别去做，也别去试。他最清楚你的骑术水平。

1　女演员，代表作有《夫人请进》等。

再见，亲爱的。罗莎琳德阿姨[1]、奥伯先生[2]、珀金斯[3]先生都对你发出了邀请，让你夏令营结束后来纽约小住几天。我们到时候再看。礼拜一我会去南部。

你无比迷人的

爸爸

---

1 纽曼·史密斯夫人，泽尔达的姐姐。[原注]

2 哈罗德·奥伯，菲茨杰拉德的文学经纪人。[原注]

3 麦克斯韦·珀金斯，菲茨杰拉德的编辑。[原注]

你无比迷人的爸爸

1935 年 8 月 4 日

[北卡罗来纳州 阿什维尔市]

[格罗夫公园酒店]

亲爱的：

我一直觉得，那个系列的第一部是我读过的最扣人心弦的书籍之一 [1]。欧内斯特·海明威也有同感。请读一读，想想能不能把它改编成戏剧，记得告诉我你的看法。那个系列我只读了第一部，因为找不到英文版。

听说你从马背上摔了下来，我倒是挺高兴的。在卡罗来纳州，唯一的交通工具就是斑马，我也有一只，它的名字叫克拉伦斯 [2]。

我现在只跟五个人通信：爱丽莎·兰迪、罗斯福夫人、

1　大仲马的某个系列，具体不详。[原注]

2　原文为 Clarence，意思是"双座四轮马车"。

阿奎拉[1]，第四个人几乎不必提，因为我连他的名字都不清楚。

亲爱的，我工作很努力，也很顺利。

你给妈妈写信倾吐心事时，请别提起骑马的事故，不然她会担心。

请代我向弗吉尼亚、海伦[和]贝蒂问好。还有，告诉你的辅导老师，你要是没人监管，会变得多么顽劣。

你令人印象深刻的——

爸爸

1　曾是菲茨杰拉德的司机。[原注]

1936 年,
女儿 15 岁

我认为，你应该带着一定的朝气，
去接受我们身处的世界有哀伤与悲惨。

亲爱的:

关于补习的事,好的,就这样吧。不过,我真不希望你在这个年纪虚度一季而毫无进步。

为我做点什么吧!我为你的游泳成绩骄傲,但夏天只是夏天。给我点时间,记住我一直挂念着你,也一直为你着想。计划一旦成型,我就会告诉你,也许会在八月的某个时候。我不大可能去宾夕法尼亚了,去欧洲的计划也都泡汤了。我本想去西班牙看看,不过用记者的话来说,西班牙正处于"革命的阵痛"之中[1]。

你母亲非常喜欢你写给她的信。但愿你在营地上的伙

1　这里指 1936 年至 1939 年的西班牙内战。

伴都很友善。关于那件事，我跟塔潘夫人意见相左，不过说来话长，我知道不管怎样，你都会勇敢地迎难而上。

哦，亲爱的斯科蒂——我不想逼迫你，不过，如果你能找到路易斯安那购地案[1]与弗雷德·阿斯泰尔[2]为何为娱乐大众而抬起左脚脚跟之间的联系，我会很开心。我希望你出类拔萃，别把时间浪费在微不足道的事情上。成为有用而自豪的人——这个要求会太过分吗？

随信附上我新书的封面[3]。我决定以后都用斯堪的纳维亚语写作！

挚爱你的

父亲

---

1 美国于 1803 年以约每英亩 3 美分的价格向法国购地逾 529911680 英亩（约合 2144476 平方公里），购地所涉面积是今日美国国土的 22.3%，与当时美国原有国土面积大致相当。

2 美国电影演员、舞蹈家，代表作有《鬼故事》《狗王擒贼王》等。

3 应是《夜色温柔》新版的封面。

1936 年 7 月 31 日

北卡罗来纳州 阿什维尔市

格罗夫公园酒店

亲爱的：

随信附上几张照片，它们讲述了一个悲伤的故事。我出了一场严重的意外，摔碎了肩膀。我本以为自己很敏捷，可以试试跳水，可我一年半没做运动了，在空中拉伸肌肉时动作太猛，就伤着了肩膀。这很麻烦，也很费钱，不过我已经尽量积极面对，大家也都很友善。这里的人帮我架了一块古怪的写字板，所以我工作时，手比头高，就像这样[1]。

我也在信封里放了一点钱，以备你眼下不时之需。由于这次受伤的开支，今年秋天也许没法送你去昂贵的学校

1　菲茨杰拉德画了一幅自己坐在写字板前的图。[原注]

了。不过，生活有时候就是这样，我知道你很勇敢，换了环境也会适应，你也能明白，我努力挣钱就是为了让你接受教育，让你母亲得到照料。医生告诉我，要是不做这个肩部手术，我的手臂就再也没法举过肩膀了。事实上，我到底还能不能把手臂举到肩膀以上，依然是个未知数。

我以你为荣，只是有一点生气，因为你至今没有读完一本法语书籍。

礼拜天晚上我将启程去巴尔的摩[1]，你可以把信寄去那里，让欧文斯夫人转交给我。寄到这里也行，我很快就会回来。我最终没去成西班牙，是不是很幸运！又或者，西班牙之行原本会非常有趣。

爱你的

爸爸

---

1 美国城市，位于马里兰州，也是美国大西洋沿岸重要的海港城市。

我出了一场严重的意外，摔碎了肩膀。

1936 年 10 月 20 日

北卡罗来纳州 阿什维尔市

格罗夫公园酒店

最亲爱的斯科蒂娜：

　　我决定了，倘若一切顺利，我就感恩节过去。听你的建议，我打消了陪你过生日的念头。你似乎能理解，现在的我没法一个月出两次远门；所以，我知道你不会因此大失所望。

　　关于我的近况，还有一样：我的手臂已经完全脱离了危险，快能动了，大概再过三四个礼拜吧，我猜。上个礼拜天，我跟弗林夫妇一起看了场橄榄球赛，跟去年秋天我们同时去看的那场比赛一样。那位左手球员一如既往地英俊，诺拉也总是那么迷人。他们不住地问起你的近况，不是出于礼貌，而是真诚地关心你，他俩都是如此。听说你在学校一切顺利，他们开心极了。

确认一下我的圣诞节计划，简而言之：我们会在巴尔的摩的贝尔维地酒店或斯塔夫酒店为你办一场派对，如果经济允许！圣诞节当天要么和你妈妈一起在这里过（不会重复在瑞士过的那个糟糕圣诞节了），要么你和妈妈及护士一起去蒙哥马利[1]，和外婆一起过。之后你也许可以去巴尔的摩待上几天，然后再回学校。

别为自己的小说不够拔尖而灰心丧气。同时，在这件事情上我也不打算鼓励你。毕竟，你若想跻身一流，就得自己克服障碍，从实践中获取经验。没有人单凭发愿就能当上作家。如果你有什么想说的——任何你觉得从未有人讲过的东西，你就要拼命去感受，直到你找到一种从未有人找到的讲述方式，这样你想讲述的内容跟你讲述它的方式就会融为一体——它们浑然一体，仿佛是同时诞生的。

让我再说教几句：我的意思是，你的所感所想会自行创造出一种新的风格，因此人们谈论风格时，总是惊讶于风格的新颖之处，他们以为自己谈论的只是"风格"，

1　美国城市，位于亚拉巴马州。也是泽尔达的故乡。

其实他们谈论的是表达某种新想法的尝试，正是这种有力的尝试带来了思想的原创性。这是一项孤独的事业，而且，你也知道，我从不希望你涉足其中，可是，如果你终究打算踏上这行，我希望你带上这些我花了很多年才学会的道理。

你既然在众多学校中精挑细选了这一所[1]，为什么还要抱怨自习室之类的琐事呢？这当然不容易。没有什么美好的东西是容易的，而且你也知道，我从来没打算把你培养成软弱的人，还是说你突然决定不听我的话了？亲爱的，你知道我爱你，我也期待你能实现我最初对你的寄望。

斯科特

1　艾索沃克女子高中。[原注]成立于1911年，是全美较好的大学预备学校之一。

斯科蒂童年时一家三口的圣诞节

1936 年 11 月 17 日

北卡罗来纳州 阿什维尔市

格罗夫公园酒店

亲爱的甜心：

　　学校来了信，说感恩节那天最合适，这个安排对我来说更好。倘若没什么特别的事要办，出两三次门倒不见得比出一次门好；所以我打算只出一次门，玩得尽兴点。无论你想见谁，我都乐意奉陪，我们就约在感恩节那天了。

　　（插一句：我收到你送的生日礼物了，晃晃悠悠的铃铛和骡子，谢谢你想着我——你这个小傻瓜！）

　　公园大道[1]上的女孩不好相处，是不是？她们通常是"成功人士"的女儿，从某种程度来说，出身决定了她们必然如此。这是"北方佬"的终极进化，杰伊·古尔

1　美国纽约市曼哈顿区的一条南北向大道，极尽奢华，地价昂贵。

德[1]——他发家于向村庄兜售劣质纽扣，最后又用这套商贩道德体系，向国家兜售五美元的铁路——之流的升华。

别误会。我一直觉得自己是北方人——我也觉得你是北方人。不管怎样，我们同属一个国家，你会发现，在你讨厌的地方也遍布懒散和怠惰——它们足以填满萨凡纳[2]和查尔斯顿[3]，而"积极进取"的原则在我身处的卡罗来纳州也随处可见。

我不知道你是否会在那里再待上一年——这完全取决于你的成绩和学习情况，我也没法向你灌输我的人生观（如你所知，我很悲观），否则只会浇灭你的热情。很多人觉得生活乐趣多多。我不这么认为。不过，我二三十岁的时候，觉得生活有趣极了；我认为，你应该带着一定的朝气，去接受我们身处的世界有哀伤与悲惨。

关于你的课程，现在你肯定不能丢掉数学，企图以

---

1 19世纪美国铁路和电报系统的巨头，"镀金时代"股票市场的操纵者，曾企图垄断黄金市场，导致"黑色星期五"恐慌。绰号"海盗大亨"。

2 美国佐治亚州大西洋岸港口。

3 美国南卡罗来纳州的主要港口。

最轻松的方式进入瓦萨学院[1]，变成那种只会附和别人、自己一无所长，而且毫无个性的女孩。我希望你尽量学会学校所教的数学知识。我希望你选修物理，还有化学。目前我不关心你的英语和法语功课。如果你到现在都没有掌握这两种语言和用这两种语言表达思想的方式，那你就不像我的女儿了。你是独生子女，不过这并不代表你就一定像我。

我希望你了解一些基本的科学原理，而且我觉得，只有学了数学中的解析几何，才能掌握这些原理。我希望你明年也不要丢掉数学。我自己就是在做一些不喜欢的事情时学会写作的。如果不去学习解析几何（圆锥曲线）之类的数学知识，你就会远远偏离我为你筹谋的道路。我不一定要你学微积分，但避重就轻肯定是不行的。你会带着数学学分进入瓦萨学院，在那里，你生活的某些方面也会与科学有关。

宝贝，我真想见到你。这些重要的事情，当面沟通更

---

1 位于美国纽约州波基浦西市，成立于 1861 年，是美国最早授予女性本科学位的学院，也是东海岸最负盛名的文理学院之一。

加畅快，可我们相隔遥远，你又更想花时间学习容易上手的科目，比如现代语言。

　　感恩节见你之前，我就不写信了。

　　　　　　　　　　　　　　　　最爱你的

　　　　　　　　　　　　　　　　F. 斯科特·菲茨

　　又及，真遗憾，你忙得不可开交——过去的六个月里，我似乎也是如此。不过我买了一辆中古帕卡德跑车，现在也更常出门了。我向来包容你的亢奋，但我不希望这是因为你跟某位老师起了争执，或是说话口无遮拦，这方面你该收敛着点了。

1936 年 12 月 12 日

北卡罗来纳州 阿什维尔市

格罗夫公园酒店

亲爱的斯科蒂：

　　正如之前我在电报里说的，不可能请上九十个人。你最多邀请六十个人，这还得指望其中十到十二个人不能应邀。如果我一早知道艾索沃克女子中学会让你对自己的经济状况异想天开，还不如让你就在卡罗来纳山地上个普通中学。你是个穷女孩，如果你自己不愿意去思考这一点，那么尽管来问问我。倘若你不甘贫穷，那你就成了那种弄不清自己是富翁还是乞丐的讨厌女孩了。而你既不是富翁，也不是乞丐。你在巴尔的摩的舞会非常低调。它将很体面，因为没有假充排场。舞会上会有一些惊喜，也可能略欠一些你期待的东西。例如，我决定给管弦乐队配一只手摇弦琴——你知道的，一个意大利人，带一只猴子，我想孩子们会相当满意的。十六七岁的孩子想要的并不多，他们会被猴子的滑稽动作逗乐的。你那个关于摇摆乐[1]的提议，在我看来完全不可行。

不过，我会在隔壁雇上一个摇摆乐乐队，邀请一些年长的朋友参加，也许你可以时不时地带几个喜欢的朋友来隔壁跳舞。

——不过记住，我希望整个下午你和你的朋友都在手摇弦琴旁跳舞，安静地，缓缓地，别奏摇摆乐，跳简单的华尔兹就好。

12月24日夜里，你要跟我去南方一趟，在此之前，你可以通宵跟朋友待在一起。

最爱你的

爸爸

又及，你问我卡片上该写什么。可以这样写：

---

1 摇摆乐发源于 20 世纪 30 年代早期的美国，曲风源自爵士乐，1935 年至 1946 年间发展至巅峰。

弗朗西斯·斯科特·菲茨杰拉德 小姐

F.斯科特·菲茨杰拉德

12 月 22 日

4 点到 6 点

贝尔维地酒店　　　　　　　　　舞会

1937 年，
女儿 16 岁

你的裙子听起来不错，
斯科幕，
我漂亮的小姑娘。

亲爱的斯科蒂娜：

我喜欢有你在身边的时候（清晨除外），而且，我觉得我们相处得不算太糟，是不是？你在巴尔的摩和纽约度过了一段愉快的时光，又在格罗顿[1]交上了朋友，真为你开心。那里的人很民主——他们必须在镶金的卧室里睡觉，用老式的白金水泵洗澡。这让他们变得坚强，所以他们开出令穷人入不敷出的工资，却丝毫不以为耻。（还有，只有年纪大一点的男孩才能在安多弗[2]和一个特殊的地方抽烟——你这个可恶的骗子！）

礼拜三有马术表演。人人都问起你的近况，其中一

---

1 美国城市，位于康涅狄格州东南部，临长岛海峡。

2 美国马萨诸塞州一个地名。

些是真心想知道。拉斯普拉格眼泪汪汪地说，她母亲忘了邀请你去她的派对。酒店里有两个威廉姆斯中学的男孩在追求她。卡洛琳·凯丽向你问好。明天我会去见你母亲。我的小说（非常精彩）终于完成了，我正准备写另一篇小说，以及一个剧本。好莱坞的事推迟了，不过也许最终会一切顺利。

你在巴尔的摩做了些什么？皮驰思和梅瑞狄斯好吗？

记得回信。

　　　　　　　　向我的翩翩天使致以最诚挚的爱意

　　　　　　　　爸爸

又及，苦差事怎么样了？你是不是汗流浃背？

最亲爱的甜心：

终于离开了！乡间生活的恐怖之处在于——除了福特 T 型车，没有什么东西能调转方向。抱歉，让你和外婆陷入了这样的困境。

飞行很顺利——总是这么令人兴奋。我会把这封信寄到奥伯家，希望你现在已经到那儿了。等你收到这封信，我应该也收到麦克阿瑟夫妇的信了，不过我知道没什么要紧的事。你会来好莱坞陪我，真是太好了。我知道费雷迪·巴塞洛缪[1] 会热衷于带你参加各种午后生日派对，

1　美国演员，1924 年 3 月 28 日生于伦敦，小时候便参演过许多电影，代表作有《怒海余生》《春残梦断》等。

你也会发现秀兰·邓波儿[1]是个很好的玩伴，跟皮驰思一样好，而且比她更忠心。

　　你哪来的错觉，竟以为我把你看成水性杨花的女孩？见鬼，你生性浪漫，然而这不是罪过。正如米基·盖纳[2]的不朽名言，感情充沛没有问题，但开车时千万别这样。我只是不希望你有危险，也不希望你做与年龄不符的事。过早的冒险会叫人付出惨痛的代价。我以前就跟你说过，我所认识的男孩，但凡十八九岁开始喝酒，现在都已躺进了坟墓。而那些十六岁时被我们唤作"熟女"（这是我们石器时代的俚语了）的女孩，到了适婚年龄，都已无比落魄。这就是生活的逻辑，没有哪个年轻人能够"侥幸逃脱"。他们欺骗自己的父母，却骗不了同龄人。有些事早就有迹可循，譬如姑内瓦·金[3]会被威斯多佛[4]开除——而你母亲会早早崩溃。我觉得，你跟我除了有一

1　美国著名童星，代表作有《海蒂》《小公主》等。

2　原文为 Mitzi Green，疑似菲茨杰拉德写错了名字，应为 Mitzi Gaynor，美国演员，代表作有《百老汇侦探》等。

3　菲茨杰拉德的初恋女友。

4　美国的一所全日制大学预科女校，成立于 1909 年，位于美国康涅狄格州。

丝自我放纵的倾向，本质上还是严肃的，这令我们得以存活。不管你的罪过是什么，我希望你永远不要试图为自己开脱。

最爱你的

爸爸

最亲爱的甜心：

我可能有段日子不会给你写信了，不过支票的事我不会忘的，只待支票簿到手了。

我有点兴奋。第三次好莱坞历险。之前我有过两次失败，虽然其中一次错在自己。第一次距今已整整十年。在那之前，我已经被公认为美国的一流作家，作品既叫好，又叫座——就价格而言。平生第一次，我游手好闲了六个月，自信到了自负的地步。好莱坞对我们殷勤极了，而且在一个三十岁的男子眼里，这里所有的女士都非常漂亮。我真心觉得，自己不费吹灰之力就成了一位语言的魔术师——真是一个奇怪的幻觉，因为我曾竭尽全力去创造一种强烈而华美的散文风格。

最终的结果是——玩得开心却一事无成，我只能拿到一点钱，除非他们会拍我的戏——而他们并没有。

我第二次去好莱坞是五年前。生活变得艰难起来，虽然表面上风平浪静。你母亲在蒙哥马利，状态明显好转，我却精神紧张，开始酗酒。去好莱坞时我一点也不自信，实际上我太过谦卑了。由于一次自杀，我遇上了一个叫德·萨诺的混蛋，被骗去了主导权。那部电影是我写的，我一边写，他一边改。我想联系撒尔伯格[1]，却听信了错误的警告，据说他"品位糟糕"。结果是———一部糟糕的剧本。我带着钱离开了——因为签的是按周计薪的合同。然而我心灰意冷，烦闷不已，发誓再也不会回到这里，虽然他们说这不是我的错，要我留下来。我想在合同到期后去东部看看你母亲的情况。他们觉得这是一种"背叛"，对我心生敌意。

（我开始写这封信时，火车已经离开了埃尔帕索[2]——因此这封信是落基山[3]之信。）

我要从这两次经历中吸取教训——这次我一定要非

1　欧文·撒尔伯格，美国电影艺术与科学学院的创始人之一。当时是米高梅的负责人之一，正是他坚持邀请菲茨杰拉德到好莱坞写剧本。

2　美国城市，位于得克萨斯州。

3　美洲科迪勒拉山系，在北美的主干，由许多小山脉组成，被称为北美洲的"脊骨"。

常圆融，但从一开始就得把方向盘握在自己手里——从一众老板中找到领头人，从诸多同事里找到最合拍的——然后跟其他人拼命战斗，直到电影完全由我掌控。惟其如此，我才能施展出全部才能。只要有机会，我就能在两年（内）让自己的身价翻一番。你别惹麻烦，就是在帮我们的大忙——这将对你的关键时期产生重大的影响。照顾好自己，关于智力（在精力充沛的时候好好学习），关于身体（别拔眉毛），关于品德（别让自己陷入不得不说谎的境地），我会给你空间，比皮驰思给你的更多。

爸爸

1937 年 10 月 8 日

[加利福尼亚 好莱坞]

[安拉花园酒店]

亲爱的甜心：

关于那封电报，我实在太抱歉了。我收到比尔·沃伦的信，他说巴尔的摩到处传闻，我在这里每个礼拜能挣两千五百美元。这令我既不安又沮丧。我猜这是丽塔·斯万想出来的。我不知道自己之前为什么会怀疑你——我本该知道，你会更谨慎，至少会说出一个令人信服的数字。你看，你的浪漫故事给你带来什么样的声誉！

至于你消失的那三天，我真的不怪你。麻烦的是，哈罗德·奥伯也不知道你去了哪里。要是你给他发了电报，而不是给罗莎琳德阿姨，就完全没事了。不过，这也只让我担心了一会儿，因为我已经不像过去那样对你放心不下了。夏天我为你抽烟的事忧心过，但你保证不会在皮驰思家抽烟，所以这也没什么；我也不太在意你跟谁一起出门，只要时间得当，不惹是非。从明年夏天开始，你会发现自己有更多的特权，不过，我希望你别让这些特权变成扭曲你、毁掉你的坏习惯。你必须以最旺盛的精力投身那些能让你过上幸福有益人生的事情。此时不做，更待何时。

没什么特别的新鲜事——一切都很平静。我"有幸"得与 *** 会面，一个被壮汉保镖包围、眼神闪烁的家伙。瑙玛·希拉[1] 邀请了我三次，让我跟她共进晚餐，可我没能赴约——真可惜，我喜欢她。也许她还会发出邀请的。我看了一些巴芙·科布的作品，她是我的老朋友欧文·科布的女儿；以及希拉[2]的作品，对了，她退掉了与多尼格尔侯爵的婚约。（这个可怜的男人正打算上船，不过，这桩婚事在很多方面看起来都不太明智。）我也经常去看网球比赛，海伦·威尔斯[3]回归赛场，跟冯·克拉姆一

1　曾红极一时的美国女演员，被誉为"好莱坞第一夫人"。代表作有《他们的私欲》《弃妇怨》《自由魂》《红楼春怨》《罗密欧与朱丽叶》《绝代艳后》等，六度获得奥斯卡提名。

2　好莱坞专栏作家希拉·格雷厄姆。［原注］

3　美国著名女子网球运动员，曾 19 次夺得网球大满贯冠军。

起打败了巴奇和他的搭档。有天晚上我带比阿特丽斯·莉莉、查理·麦克阿瑟和希拉去了网球俱乐部，埃罗尔·弗林[1] 也加入了我们——他看起来很友好，虽然有点傻气。不明白为什么皮驰思如此迷恋他。弗兰克·摩根[2] 过来跟我攀谈，说起十七年前，我们在葛洛丽亚·斯旺森[3] 家的衣帽间里打了一架，但我只记得自己当时跟某个人扭打了起来，其他细节一概没印象了。不过，那个时候这类琐事时有发生，因此这场扭打我就没能记住。

我对保持整洁所做的分析，希望你已经思考过了。如果你在一个礼拜里，每次用完一样东西，就立刻把它放回原位，而不是等用完三样东西再一起收拾——我想，不出一个月，你就会养成习惯，你的生活会变得更加轻松。下次写信时请跟我聊聊这件事。

我翻阅着你寄来的信件，逐一回复你——皮驰思真贴心，为你办了一场派对；听到斯坦利看起来神采奕奕，我很高兴；遗憾的是，安德鲁惹你厌烦了。真好，你跟

1　澳大利亚演员，常在惊险片和军事片中扮演浪漫而勇敢的角色。

2　美国男演员，代表作有《野孩子》《现代灰姑娘》等。

3　美国女演员，代表作有《日落大道》《75 航空港》等。

那个万人迷烘焙师鲍勃约会了。鲍勃·哈斯好相处吗？你接下来的一封信寄自埃克塞特。很遗憾你没去成安纳波利斯[1]——你会再次受到邀请的。这里还有一张明信片，天哪，我对补习的事非常恼火。我完全不明白那封信为什么会寄丢，那天晚上我从斯帕坦堡的机场将它寄了出去。所以，你还在回味费舍尔岛[2]的那场派对！

另一封信说到去长岛[3]探望玛丽·厄尔。这听起来不错，不过你说得对，浪漫的事情的确会发生在蟑螂横行的厨房和后花园。人们对月光的评价确实太高了。你向哈罗德借的数目没问题，他会记到我的账上。所以，梅瑞狄斯从巴尔的摩给你打来了电话！你就不怕点燃过去的小火苗吗？你对普林斯顿的背叛让我心碎。我给安德鲁寄了橄榄球比赛的门票。你的裙子听起来不错，斯科蒂，我漂亮的小姑娘。

最后，那封盖着耶鲁邮戳的信——我敢肯定信纸是你买的。它令我想起一些恍如昨日的事。念大一大二时，

---

1 美国城市，马里兰州首府。

2 美国小镇，位于佛罗里达州。

3 位于北美洲东海岸，地属纽约。

我曾终日用这样的信纸——不过盖的是普林斯顿的印章——写无穷无尽的信给姑内瓦·金——我后来把她写进了《人间天堂》，寄去威斯多佛和芝加哥大学。我有二十一年没见过她了，不过我在1933年的世界博览会上给她打过电话，为的是逗你母亲开心——那也的确奏效了。昨天我收到一封电报，她在圣塔芭芭拉[1]，问我要不要立刻赶去见她。她是我爱过的第一个女孩，为了保持那个完美的幻象，我一直尽量避免与她会面，因为她最后无比厌倦、无比冷漠地抛弃了我。我不知道自己该不该去。那会非常、非常奇怪。这些大美人到了三十八岁，往往会变样，不过姑内瓦除了美貌，还有许多别的迷人之处。

我希望他们能为你开设一门"高级法语"。你是不是没在学法语了？沃克小姐在信里提到了这一点。在我看来，你学习德语其实没什么意义，不过别因此就懈怠起来。语言学一点皮毛也能打下基础——而且，明年夏天我们也许会去国外待上几个礼拜。

1　美国城市，位于加利福尼亚州。

我给罗莎琳德寄了三十美元。

你想要什么生日礼物？你可以说说看。

我时常挂念你。整个夏天我都以你为荣，而且我觉得，我们一起度过了一段愉快的时光。你的生活似乎有节制多了，在我生病的这么长时间里，你尝到了不幸的滋味，我并不为此遗憾。不过现在我们可以一起做更多的事了——如果我们找不到更好的同伴。啊哈——那会让你失望的！我爱你，圣诞节见。

爱你的

爸爸

1937 年 11 月 4 日

[加利福尼亚州 卡尔弗城]

[米高梅公司]

最亲爱的甜心：

我承认自己是个糟糕的通信对象，不过，希望你不是五十步笑百步——我是指，你每个礼拜有没有按时给妈妈写信？我之前就跟你强调过，这是头等大事，哪怕它会耽误你跟"屠夫鲍勃"或"烘焙师比尔"每周的约会。

关于电影的新进展：演员阵容暂时定下了。琼·克劳馥[1]曾是首选，但她坚信这是一部男人的电影；洛蕾塔·杨[2]没有档期，所以目前决定起用玛格丽特·苏利文[3]。她肯定比琼·克劳馥更贴近角色。照目前的剧本，

1　美国女演员，代表作有《欲海情魔》《作茧自缚》等。

2　美国女演员，代表作有《农家女》等。

3　美国女演员，代表作有《街角的商店》《后街》《一朝春尽红颜老》等。

特蕾西和泰勒的戏份要让一些给法兰奇·汤恩[1]。电影大概会在十二月开拍。我的一个老朋友，泰德·帕拉摩尔在跟我一起处理电影布景，这方面我依然是个门外汉，不过我不会一直生疏下去的。

圣诞节的安排取决于拍摄时需不需要我留在这里改剧本。我觉得可能性不大。如果这不是我的第一部电影，而我又无比希望它能尽善尽美，那么我绝不会让这种事发生，因为只要提前三个礼拜通知，我就一定能休假——但我还是想让你知道这个微乎其微的可能性。不过，让我们畅想一下，倘若我会去东部——十有八九能成行，我希望跟你和你母亲一起度过，也许一小部分时间待在巴尔的摩，另一部分时间待在阿什维尔。我或许可以带你母亲去蒙哥马利，不过机会渺茫，暂时别跟她提起。我还想去纽约待上几天，你一定乐意与我同行。

你有没有什么想做的事？想在巴尔的摩再举办一次派对吗？我是指去年那种午后派对。这也许能成为一种惯例，让你和巴尔的摩的朋友每年聚一次。赶紧写信告诉我你的

---

1 美国演员、制片人、导演，代表作有《火海情涛》《心墙魅影》等。

计划——当然，假期你也要抽时间去看看你母亲。

给安德鲁的哈佛橄榄球赛门票不巧寄错了，又回到了我这里。他一定很失望——因为他错过了普林斯顿这些年来最惨痛的失败。

我的社交生活并不活跃。我拒绝了很多派对，现在很自在，因为不常收到邀请了。上周我在格拉迪斯·斯沃索特[1]家吃晚餐，跟约翰·麦考密克[2]和几位音乐圈的朋友一起。我跟希拉·格雷厄姆看了几场橄榄球赛，还见了年轻时的恋人，姞内瓦·金（米歇尔），我有二十一年没见过她了。她依然是个迷人的女子，真遗憾之前没有跟她多来往。

年册的宣传页花了多少钱？请告诉我一声。

现在我在安拉花园酒店有了一间公寓，不过暂时没有布置，因为目前你母亲似乎不可能来这里。

我焦急地等着你的第一份成绩单，我更想去……[3]

爸爸

祝贺你进了拉拉队。你会侧手翻吗？

---

1 美国女演员，代表作有《伏击》《黑暗中的浪漫》等。

2 美国制片人，代表作有《舞台与傻瓜》《丁香时光》等。

3 信的后半部分已轶，只剩下附言。[原注]

"你会侧手翻吗？"曾经站在爸爸肩头的斯科蒂。

1938 年,
女儿 17 岁

这个时候，

我们应该可以沟通

—— 关于90%的事情，我们都想法一致

—— 除了你的懒惰让我愁眉百结。

最亲爱的斯科蒂娜：

这里发生了很多事，东部也是，一封信根本说不尽。

从最近的说起——《战后三友》今天开拍了，我开始写琼·克劳馥的新戏——影片的名字还没定。我忙得够呛，整天都在工作，但比前几个月开心了一点。每项工作的收尾总是让人神伤又异常困难。不过我为自己这一年的成果自豪，没太多可抱怨的。

你母亲的状态比我预期的好，要不是我太累了，我们的旅程会非常有趣。我们去了迈阿密[1]和棕榈滩[2]，又飞去了蒙哥马利，这些地方听上去欢快迷人，其实并不尽然。

1　美国城市，位于佛罗里达半岛比斯坎湾。

2　美国佛罗里达州东南部的旅游城镇。

礼拜六我飞回了纽约，本打算带你和你的朋友出去玩，结果发现你没时间。礼拜一早上加利福尼亚有要事等着我，所以我只好礼拜天下午飞了回来。倘若对着墙上罗莎·博纳尔[1]的画[2]，端详着画里在棕色树干间飞奔的骏马，我觉得我们没法聊太多。

我在普林斯顿读大二时，有次韦斯特院长站起来，念出了贺拉斯的伟大诗行：

> "那真正无罪之人，
>
> 不要摩尔人的标枪与弓箭。"[3]

——我心下明白，因为拉丁文蹩脚，我错过了一些东西，那种堪比与可爱女孩共度良宵的东西。那是一种无与伦比的人生体验，我因为懒惰，因为不愿辛勤耕耘，与它失之交臂。

但是，如果有什么东西像你明年秋天进入瓦萨学院

1　法国 19 世纪著名画家。

2　指艾索沃克女子中学的会客室。[原注]

3　原文为拉丁文，出自贺拉斯《颂诗集》第 4 章第 2 节 20—21 行。

的机会一样，迫在眉睫地摆到我的眼前，我一定会奋起迎接，无论那是拉丁文，还是儿童黑话。要么是瓦萨学院，要么是在我眼皮底下的加州大学，该选择什么显而易见，我完全无法理解你的懒散。我们甚至还欠着债，你也还是拿奖学金的学生。你可以优雅地离开，让他们喘口气。他们把你护照上的照片都拍下来了。

宝贝，你以为给别人送点小礼物就能处处顺风顺水，这个信念太过盲目，而且毫无道理，就跟小母猫觉得自己不会长胡子似的。这源于你一直相信某样东西，可随着你的成长，那也会发生变化。站在每个重要的路口，你都得选对要走的路——一旦迷失方向，迎接你的将是多年的不幸。你尚未完全错过一个路口，但是，你若在拉丁文上毫无进展，就真的无法挽回了。如果你不信我的话，我也就没法再相信你了。

墨菲夫妇，还有诺拉他们，都问起了你的近况。复活节时，我们肯定要出门——你母亲会在看护的陪同下去蒙哥马利待几天，她会与我们碰面。纽约的一家画廊给你拍了一些非常昂贵的照片——你想要几张吗？我很喜欢这些照片，但是，天哪，太贵了。

永远爱你的

爸爸

最亲爱的甜心:

我后来一直没有收到你的消息。请给我写封短信,告诉我一切是否顺利。

我开始写新电影的剧本了,最后名字定为《不忠》,主演是琼·克劳馥,其他演员我还不知道。复活节时,我会写完初稿,然后去东部,带你出门逛逛。

《战后三友》已经拍了一半。我观摩了几场拍摄,也看了部分"毛片"[1](在他们放映每日所拍内容的地方),但也没能从中看出什么名堂。在我看来,制片人把剧本完全改坏了。不过,我的看法也许不对。

---

1 指未经剪辑处理的电影胶片。

大家问起了你的近况，不过我自己对此最为好奇。我可以问及你的近况吗？我希望你写封短信，聊聊你的健康、学业、斗志，演出是成功还是失败，等等。如果你能告诉我演出的时间，我会给你寄去贺信，或是纪念品——倘若你喜欢的话。

　　我一直牵挂着你，亲爱的，我也会为复活节筹划一点有趣的安排。

　　我收到了特恩布尔夫人的信，她说你有三个特别的品质——其中两样是忠诚与抱负，第三样我之后再告诉你。她觉得那会让你免遭伤害。我没有发表意见。她似乎很喜欢你。

　　还有，芬尼夫妇给我寄来了一位音乐家的书，需要修改，我正在处理这件事。

　　　　　　　　　　　　　　最爱你的

　　　　　　　　　　　　　　爸爸

1938 年 3 月 11 日

[加利福尼亚州 好莱坞]

[安拉花园酒店]

最亲爱的甜心：

真开心你得了 74 分。要是你第一学期就拿到这个分数，我们现在就该着手准备一些事了。与此同时我收到了沃克小姐写来的信，她在信里提到，你"在班里排名靠后"。我一月见到你时，你话里话外显然不是这个意思，我真希望你能坦白一点。捏造并不存在的事情最多只能延缓最终的清算。现在你生活中的头等大事，就是在学校里考个好分数，顺利通过六月份瓦萨学院的入学考试。这非常重要，如果你做不到，我没法当即想出任何令人满意的替代方案。这对十六岁的你来说，会是一个巨大的污点，就像一个人因业务不行而被炒了鱿鱼。你不能也绝不该如此。我不想在复活节对你说教，写这些是为了让你心里有数，免得你以为我不可理喻，竟看不到你在其他领域的成功。

另一方面，听说你把班尼特夫人演得很好（哈罗德·奥伯写信告诉我，你的表演非常出色），我当然高兴。还有，你写的音乐喜剧在学校大获成功，为你开心。你不妨看看吉尔伯特与沙利文[1]的书，读一读《洛兰丝》和《耐心》的精妙歌词。我在普林斯顿给三角社写剧本时，曾如痴如狂地研究这些歌词。（对了，你提到，一个叫詹姆斯·W.亨特利的男孩进了普林斯顿乡村俱乐部。你是在巴尔的摩与他结识的吗？）你那首效仿奥格登·纳什[2]（前天晚上我还跟他和比尔·伦纳德[3]一起吃了饭）的诗，我实在说不出什么夸奖的话。它比奥格登·纳什的诗差远了。奥格登·纳什的诗不是随便写就的，它们有一种非凡的内在韵律。一个人若是没有精心推敲过抑扬格五音步，绝不可能写出这样的诗。他的方法就是将移动某

---

1 维多利亚时代的剧作家威廉·S.吉尔伯特与英国作曲家亚瑟·沙利文。从1871年到1896年，他们合作了25年，共同创作了14部喜剧，其中最著名的为《皮纳福号军舰》《彭赞斯的海盗》和《日本天皇》。

2 美国荒诞诗歌大师，诗风轻松滑稽，甚至可谓荒谬，他最大的特点是反讽。

3 美国男演员。

些音步，让它们刚好押上韵。随便找出他的哪首诗，好好读一读，你就会明白我在说什么。你的诗每行都会换格律。从二四押韵变成快步舞曲，再变成华尔兹，再变成别的，整体效果就糟透了。我知道你没有仔细打磨，不过你既然把它寄给了我，我就得跟你说实话。

很高兴你喜欢上了多萝西·帕克[1]，而且很有品位地挑中了她的《纽约女郎日记》。这是她最好的作品之一。说到想结识她，你其实认识她，不过那阵子你有点反感我文学圈的朋友。我跟伊丽莎白·费尔斯通的父亲很熟，也很喜欢他。你要跟伊丽莎白·费尔斯通一起做什么？谢天谢地，你拿到了仪态分。这真是个好消息。我想你可以买喜欢的春装了。要我立刻寄钱给你吗，还是怎样？快写信告诉我。

你提议复活节去派恩赫斯特[2]，我觉得挺好。吉姆·博伊德住在南派恩斯[3]，就在附近；事实上，那里的大部分地皮都归他所有。我们也许可以去那里待上几天，然后

---

1 美国女作家，代表作有《足够长的绳索》等。
2 美国北卡罗来纳州的一个度假村，历史悠久。
3 美国城市，位于北卡罗来纳州中部。

去弗吉尼亚海滩玩几天。不过，我们的目的地取决于医生允许你母亲去哪里。

永远最爱你的

爸爸

我喜欢你去年一月告诉我的那些歌词——写得很好。我猜这些歌词也在那出戏里。那些照片我一张也没买——嘴唇抿得太紧了，仿佛里面藏着金牙。听说这里涨潮了，不过我没往窗外看，因为太忙了。

最亲爱的甜心：

收到你的信，我很高兴，但也很遗憾，因为直到没有任何愉快的消息，你才想起给我写信——内容无外乎讨厌别人，要去哪里上大学，以及明年将如何取代德米尔和伯林，夹杂着一些对我的无礼批评，说我根本不讲道理。我觉得你只是心情不好，因为这根本是无稽之谈。

说到布林茅尔，我明年会送你去圣蒂莫西女子中学，所以如果你没去成瓦萨学院，也可以待在巴尔的摩附近，我猜这正合你心意。你要是以为明年可以去巴尔的摩过周末，那你肯定是突然想到了自己的断言之一——我是个傻瓜。我可没打算让你这么做。要么你担起责任，让我从这个不受欢迎的严父角色中毕业，要么你继续跟孩子们一起坐一年牢。你的自由完全取决于你的成绩，而不是别的——这里需要的人才不会临阵脱逃。

不管怎样，这个月我会去东部，我们出去走走，弄清楚你对目前所过的潦倒生活有何异议，要是你的想法有道理，我们就一起想办法解决。

爱你的

爸爸

最亲爱的甜心：

收到你的明信片了。几天前，我收到了老友艾丽丝·李·迈尔斯的电报。你记得吗，就是去年夏天带霍诺丽娅和其他女孩出国的那位女士。今年她要举办一个派对，范妮也会去，我觉得这听起来很棒。旅行永远是有趣的，夏天你总能在船上、酒店里遇到年轻人，而旅程本身能让你乘车游览法国、比利时、荷兰，也许还能看看英格兰。这也许对你学法语也有好处，这一点我本不想提起，不然听起来就太像功课了。不过我想说，要是能够成行，那你真是个非常幸运的女孩，因为，原汁原味的欧洲很可能也就这几年还能看到了。但是，我可能得补充一点，如果今年夏天你卷入战争，我会假装不认识你，你必须自己想办法脱身；请不要自己挑起争斗。

天哪，我真希望自己也能去。如我所料，这里的一切就是工作。我回来之后当然没有休息，但过了两三天才能全心投入工作。我喜欢工作的内容，只是这里的工作量太大，令人难受，对身体也不好。抱歉，我本希望能跟你多聊一点，却没能实现。我猜你夏天没有什么特别的安排，除了一些寻常的邀约。我真不希望你整个夏天都待在这里，因为海伦·海斯[1]不在，这里也没多少能吸引你的活动，你只能重复去年夏天做过的事——而且只会比去年无聊，因为我最近跟诺玛、琼等人断了联络。不过，如果你六月会带皮驰思来玩上一个礼拜，我会重新联络他们，好让皮驰思留下深刻的印象。今天我在给芬尼夫妇写信。在暑期计划敲定之前，最好别在学校里谈论。我还得跟艾丽丝·李·迈尔斯商讨欧洲之行的花费，至于好莱坞之旅，要看皮特是否放心把他的宝贝托付给我。你母亲、奥伯夫妇等等，还什么都不知道——老师们也是。

1　美国演员，代表作有《维多利亚女王》《断肠花》等。

目前欧洲之行预计于 6 月 22 日或 7 月 2 日启程。我猜我可以让他们把日子稍微改一下，或者更确切地说，既然你是这次聚会的四分子之一，日程安排取决于你的考试日期。考试什么时候结束？具体是哪天？如果欧洲之行定下来了，你觉得这样如何：你毕业后离开学校，来好莱坞玩几天，然后若是时间紧迫，就飞回纽约。跟去年夏天不同的是，我现在不反对你坐飞机了。六月里坐飞机几乎是最安全的选择。还有，关于学校是否希望你留下来，请你给我一个诚实的答案。别逼我向沃克小姐询问此事。如果学校想让你留下，要让我知道，现在就写航空邮件告诉我。你的成绩真是太普通了，如果我是瓦萨学院，我就不会录取你，除非学校担保你是个认真的人——然而，如果你胆敢让预科学校的舞会阻挡你通向成功的路，学校就不可能做出担保。另外，如果学校不想让你留下来，出国之旅又能成行，我希望到时能见你一面。如果不是非去不可，六月我就不打算去东部了。毕竟，你会上大学，所以这不是真正的毕业典礼。没人参加过我的毕业典礼，我也没有因此伤心。其实，若不是此事涉及太多复杂的因素，例如要是不把你母亲一起带去，她就会伤心，以及届时影片刚好到了关键时刻（预计六月开拍，不过也许十五号之前不会开机），我会很想参加你的毕业典礼，看看你像花朵一般站在其他花样少女中间的样子。另外，假使这对你来说意义重大，我也会尽力赶赴，但你想必了解我多么不希望重复上次的复活节之旅。

我从哈罗德那里隐约听说，你打算"刻苦学习"，但没人告诉我你有没有修拉丁语，以及选了多少课。老师们寄来的成绩单依旧详细，令人气馁，我都看不下去。如果你相信我的方法，即养成在清醒状态下先攻克难题的习惯，我的意思是，无论何时——早上、下午，或是晚上，只要发觉自己的状态适宜做任何事，就先做最困难的事，那么，你就会慢慢掌握集中注意力的方法。有些科目我在大学里学过，却毫无印象，非常讽刺的是，后来的人生中，我竟买了关于这些科目的书籍自学。当时有一门关于拿破仑时代的课我没能及格，现在这方面的书我书房里有不下三百本，而那些拿到 A 的学生可能根本不记得课程内容了。究其原因，我发现是自己把学业等同于不愉快的、得逃避的、要拖延的事。你提到的聪明学生不见得比你聪明，大多数不及你反应快，也许记忆力、感受力同样不如你，但他们没有把学业当成讨厌的事，所以提到一项任务时，他们不会抵触。我非常确定，你的问题就是这个，因为你太像我了，而我琢磨了很久，发觉这就是我的问题。我过去真傻，因为成绩不佳而无法参演话剧，那些才能远不如我的人却轻而易举地得了高分。

写信给我，说说你对暑期计划的想法。别打算在某个迷人的郊野无所事事，身边围上一群跟你咬耳朵的吉尔曼男校[1]学生，虽然这听起来很惬意。恐怕到了秋天，你就会有点过气了，而我希望你保持现在的模样。

最爱你的

至亲

回信时，可以就我提到的每个问题展开聊聊吗？希望你会这么做，我写信时用复写纸备了份。这个时候，

1　美国的一所男子高中，位于巴尔的摩南部。

我们应该可以沟通——关于 90% 的事情，我们都想法一致——除了你的懒惰让我愁肠百结。记得学习——把最清醒的时间段留给学习。

最亲爱的：

希望玛丽·厄尔不会觉得这次旅行过于昂贵。如果
你进不了瓦萨学院，这次旅行就真的太贵了。不过，如
果你能进瓦萨，那么我觉得，这是值得一去的。我真希
望自己能与你同行。

《不忠》遇到的审查障碍令我们失望透顶。琼的下
一部电影不会是它了，我们会将它暂时搁置，直到想出
糊弄蠢蛋海斯及其道德卫士团的办法。1932 至 1933 年
间的电影（记得吗，我不希望你看那些电影）需要肃清，
因为这些影片挑逗而淫秽。当然了，道德家们现在想把
这个标签贴到所有重口味的电影上，因此电影业过去两
年的收成软弱虚假——儿童片除外。不管怎样，我们开

始筹备新故事了，一个安全的故事。

关于形容词：所有优秀的散文都靠动词支撑句子。动词能让句子生动起来。英语诗歌里最精妙的那首也许是济慈的《圣亚尼节前夕》。"野兔颤抖着蹒跚过冻僵的草地"，这样的诗行是如此生动，你匆匆阅读时不会特别留意，但它的灵动为整首诗增添了色彩——"蹒跚""颤抖""冻僵"，这些景象就在你眼前铺开。为我读一读这首诗，然后跟我聊聊它，好吗？

我与高地医院僵持不下。他们想让你母亲长住医院，一年只有六个礼拜的假期，外加偶尔与卡罗尔医生夫妇外出。我不能理解——我觉得她应该有四分之一到一半的时间在院外度过，只把医院当作基地。我要是继续坚持，他们便威胁要将她完全交给我，那会是一场灾难——我没法一边工作一边照顾她。而且，除非身边的同伴拥有来自医院的权威，否则她根本不会顺从。赛尔太太想让你母亲过去陪她，但那里很快就会变成将死之人的病榻，我不觉得这个安排有什么前景（我倒不是说赛尔太太病了，但差不多就是这样）。她（你母亲）想跟纽曼和罗莎琳德一起参加你的毕业典礼——如果能安排一个护士随她往返纽约，这也是可以的。

我现在还不敢跟你母亲提起艾丽丝·李·迈尔斯的旅行，也不敢告诉她我在海边上有了一间小屋（地址还是安拉花园）。她会觉得，似乎我俩都很开心，而她却身陷囹圄。如果老卡罗尔不这么固执就好了——不过，再过几周问题应该就能解决了——我可能得去东部再走一趟，但愿不必如此。

沃克小姐寄来了一封信。我有一种无比强烈的直觉——你在那里的处境岌岌可危。不管你是怎么想的，我觉得接下来的五个礼拜你都得扮演一个"正派"的角色，免得他们因为某些行为误会你态度轻浮。生命中总有这样的游戏可玩——比如我吧，我刚来这里时，总是自觉远离酒吧，虽然我并不馋酒。鉴于我从前的表现，人们很容易把我跟"酒吧醉鬼"联系起来。不过，别跟你的朋友说你是在假扮清醒——这样的事总是会很快传开。

对你来说，暂时扮演修女是明智的——付出五个礼拜的代价，你就能赢来好几个月的自由。

永远最爱你的

爸爸

[1938 年 5 月]

[加利福尼亚州 卡尔弗城]

[米高梅公司]

最亲爱的甜心：

医务室的那件事，你体面地收场了，我为你高兴。就当它翻篇了吧。

假使你被录取，关于大学课程——至少大一这年我希望能跟你一起讨论这件事——我觉得你还没有做好选修哲学课的准备。由于愚蠢和大意，我自己曾在选课时犯过一些可怕的错误，只因刚好看到某些课程，或是误信它们很简单，等等。我以为自己得学习意大利语才能读懂但丁，可最后连皮毛都没学会。鉴于我那糟糕的法语，我本该知道自己没有学习语言的天赋。同样地，你选了物理课，而不是在法语上更进一步，你在班里一定学得很吃力。所以，见面的时候我们一起聊聊选课的事。随信附上的资料只是为了告诉你，在这个动荡不安的时代，修一门经济学的课也许挺有趣的。我不会坚持要你学理科，但你至少要选一门实用型的、非文化类的课。

这一年你过得很不顺。我希望你考进大学，重振旗鼓，我也希望你千万不要因为自己遭遇的事而责怪他人。我们当中有个著名的枪手，不久前被施以电刑，他说他向警察开枪只是因为受到了打扰。直到站在电椅前，他都以为自己受到了欺骗。你年少时从不反社会——由此可见，今年你的逻辑更像你母亲，不像我。她一生中从未有过负罪感，哪怕她令别人身处险境——她永远觉得是别人和环境在折磨她。不过，我觉得，在接下来的几个月里，你会迎来一次可怕的打击，那会让你清醒过来。事情过后，看到你恢复往日的谦逊与迷人，我会很高兴。

那两天里，尽量让你母亲开心——体谅一下她的激动之情。她年少时不知道还有这样的学校。告诉她，如果考试顺利，你可能会出国旅行。

假使这能成真——我真希望你能做到，今年六月我就不接你和皮驰思来这里了——九月更合适。我暂时没法陪你们，不过如果今年夏天你愿意将就一下，明年九月我就能安排此行。我猜玛丽·厄尔的母亲对欧洲之行兴致寥寥。

我们刚准备拍《不忠》，审查员就下了禁令。我正在为瑙玛·希拉写《女人们》的剧本。天哪——都是些什么角色啊！都是些什么家长里短啊！让我提醒你一句，永远不要跟任何人谈论我的事。

最爱你的

爸爸

[加利福尼亚州 卡尔弗城]

[米高梅公司]

最亲爱的斯科蒂：

我想，我给你写信的日子也不会有多少年了。希望你能把这封信读上两遍——尽管它看上去有些苦涩。[1] 现在你抵触它，但以后你回想起来，信上的一部分内容其实就是真理。我跟你交谈的时候，你觉得我像个老人，像个"权威"。我提起自己早年的事，你觉得我说的都不是真的——因为年轻人总是不相信父辈的青春。不过，如果我写下来，这些话也许会容易理解一些。

我跟你一般大时，心怀伟大的梦想。这个梦想日渐茁壮，我也学会了描述它，学会了让别人倾听我的描述。

---

1 毕业后，斯科蒂在艾索沃克学习期间，违反了校规，被勒令离校，菲茨杰拉德担心女儿会因此无法进入瓦萨学院，所以写了这封信。[原注]

后来有天，这个梦想破灭了，就是我最终决定娶你母亲的时候，尽管当时我知道她被宠坏了，对我没有益处。我一跟她结婚就后悔了，但是那段日子我还是耐着性子，尽量接受现状，以另一种方式爱着她。接着你来了，有好长时间，我们把生活过得很是幸福。但我是一个分裂的人——她希望我总是为她工作，少去触碰自己的梦想。等她意识到工作关乎尊严，而且是唯一的尊严，已经太迟了。她试图弥补，自己也开始工作，可为时已晚，她崩溃了，永远地崩溃了。

我想弥补损失，也已经来不及了——在她身上我几乎耗尽了自己的资源，无论是精神上的，还是物质上的。但我继续挣扎了五年，直到我的身体垮掉，当时，我只想买醉和遗忘。

我所犯的错误就是跟她结婚。我们属于不同的世界——她若是嫁给南部庄园某个善良单纯的男人，也许会很幸福。她没有登上大舞台的能力——有时候她会假装自己有，而且装得惟妙惟肖，可事实上她就是没有。在应该强硬的时候，她过于软弱，在应该让步的时候，却又很强硬。她从来不知道该如何运用自己的力量——

她把这种弱点遗传给了你。

她的母亲没有教给她任何良好的习惯，只让她学会了"得过且过"和骄傲自负，我曾为此怨恨良久。我再也不想在这个世界上看到被培养成闲人的女性。我这辈子有个重要的目标，就是让你不要变成那样的人——那种会将自己和别人一齐毁掉的人。你十四岁左右曾显露出这种令人不安的迹象，当时我自我安慰道，你只是在社交上早熟了些，一所严格的学校就能解决问题。但有时我想，闲人是一个特殊的群体，别人能给自己做规划、提要求，但永远不能为闲人规划筹谋——闲人对家庭的唯一贡献就是坐暖餐桌前的一张椅子。

我试图改造你的日子已经结束了，如果你就想做个闲人，我也不会过问。不过，不管是在家里，还是在外面，我都不想为闲人烦心了。我希望把自己的精力和收入都花在志同道合的人身上。

我开始担心我们根本话不投机。你意识不到我在这里所做的已是一个人的强弩之末，这个人曾经创作出更优秀的作品。我已经没有足够的精力，或者说没有足够的钱，去负担一个沉重的人，而且每当我发觉自己在做这样的事，我就满心恼火与怨恨。像 *** 和你母亲这样的人必须由旁人负担，因为疾病令她们无法成事。但你的情况不同，你两年里无所事事，既没有锻炼身体，也没有丰富头脑，终日给无聊的人写着不计其数的无聊的信，只为收取那些不该接受的邀请。即使在睡觉的时候，你也在想着那些信。所以我明白了，现在你的全部生活只是等待邮件的漫漫历程，仿佛你是一个管不住舌头的长舌老妇。

你已经到了这样的年纪：只有你看上去尚有前途，成年人才会对你感兴趣。小孩子的心灵迷人，是因为小孩用全新的目光打量旧事物——但是到了十二岁左右，情况就不同了。青少年的言行跟成年人比起来，毫无优胜之处。对我来说，与你一起住在巴尔的摩（你跟哈罗德说过，我对你的态度在严格与忽视之间游移不定。我猜你指的是我因为患上肺结核或静心写作而顾不上你的时候，因为除了与你交流，我几乎没什么社交生活）是我因你母亲的病情而不得不负起的家庭责任。不过我一直忍耐着你的大礼帽和电话粥，直到那天你在舞蹈学校斥责我，在那之后我就更不情愿……

总而言之：自从在夏令营里成了一名优秀的跳水员（现在你已经退步了不少），你几乎就没做过什么让我高兴或骄傲的事了。你作为"狂野社交女孩"——1925年的过时玩意——的经历，我丝毫不感兴趣。我也一点都不想知道——这会令我厌烦，就像和里兹兄弟吃饭一样。当我觉得你没有"进步"时，你的陪伴令我沮丧，因为我觉得这是愚蠢的浪费和无聊的琐事。另一方面，当我偶尔在你身上看到生机与抱负的迹象时，我在这世上找不出比你更好的同伴。无疑你心里有一种东西，某种对生活的激情——属于你自己的真正的梦想，我的看法是，在一切都为时已晚之前，将它落到实处——你母亲想为实现梦想而努力学习时，已经太迟了。你小时候讲法语时，掌握了那些零星知识的你真迷人——现在你的谈吐却如此平庸，仿佛过去两年你上的是一所草包高中——就像你在《生活》杂志和言情小说中看到的那样。

　　九月我会到东部接你下船——但是，这封信是为了告诉你，我对你那些空头支票般的许诺再也不感兴趣了，我只相信自己看到的。我会一直爱你，但我只对志同道

接着你来了，有好长时间，我们把生活过得很是幸福。

合的人感兴趣，我到了这个年纪，是很难改变了。你是
否会——或者是否愿意改变，还有待观察。

爸爸

又及，如果你要写日记，请不要写成干巴巴的旅游
手册，那种东西我花十法郎就能买到。日期、地点，甚
至新奥尔良战役，我都不感兴趣，除非你能对此发表与
众不同的见解。不要在写作时故作风趣——诚恳而真实
地写出来就行了。

又又及，你能把这封信读上两遍吗？我写了两稿。

最亲爱的甜心：

当我写下这些建筑术语，期望你来一场"哥特式建筑大探索"时，我忘却了眼前的一切。说来也怪，鹿特丹竟是现代建筑的中心。几年前受邀到普林斯顿做卡林讲座的 J.J.P. 奥德，很可能是当今最伟大的建筑师。他任鹿特丹城市建筑师时设计的工人住宅[1]可谓世界典范。你回程时如果途经那里，可以去看看，将它们与纽约的贫民窟做个比较。另外，如果你在巴黎收到这封信，也许可以在布伦塔诺书店找到卡芬那本关于建筑的简单书籍，请买一本回来。

1　疑指 Kiefhoek Housing Estate，为联排二层平顶公寓，是现代工人阶层住宅的典范，并且将乡村花园式住宅引入了城市。

还有，如果你在巴黎时能收到这封信，住在帕斯卡尔勒冠特尔街 23 号的奶奶可能也会收到一封"特别邮件"。我觉得，如果你能请她吃顿午餐，就太好了。倘若你愿意这么做，请让她开心，让她感到自己很重要——她曾为你付出了许多。代我向她问好。

我在打听你大学入学考试的准确成绩。现在你意识到了吗，学法语所费的力能让你整整少上一年学。我的意思是，你之所以能跳级，正是因为法语。所以，要是你想在十九岁结婚，却没有学法语，你就不得不继续上一年学。我本来没打算在这封信里提起大学的事，不过，既然我都说了，不妨再多说几句，你应该以完成四年学业的态度进入瓦萨。在美国，女孩的生活与男孩完全不同，你究竟能不能拿到学位尚是未知数——不过，谁知道呢？你母亲在十九岁生日的前几天解除了婚约——还有什么能比有事可忙更好呢？成年人鲜少会从一段严肃的恋情直接跳入另一段。

除此之外——你也知道，要是你不在二十岁之前结婚，我会很高兴——如果你签下了"军令状"，我觉得这对你自己的斗志和其他同学对你的看法都会有影响。

对瓦萨的半数女孩来说，学校就是她们的整个世界，正如普林斯顿曾是我的全部。她们虽然偶尔也想找点乐子，却打心底里讨厌那些只想消磨时间的交际达人，而且这份厌恶会随着时间愈演愈烈。所以，我如果是你，就会藏起自己的社交野心，跟上形势。毕竟，瓦萨上一届毕业生的班长刚刚嫁进了洛克菲勒家族[1]，而克拉克大学的波士顿女孩没能在贝肯山[2]举办元媛舞会[3]，而是以歌手身份进入了社交场。毕业舞会的意味与二十年之前已大不相同——甚至与十年之前也不一样。我猜这对 *** 来说意义重大，因为她不大可能拥有更好的机会。

这都是些势利之谈，不过，全心全意地公开投身大学生涯这一点，非常重要，也千真万确。希望你的大学时光是美好的——我自己在大学里一度灰心丧气——我感觉自己失去了兴趣，而且病痛使我变得相当自私和封闭。我理解你受困于许多童年记忆——以及两千封无聊

---

1 美国豪门，祖辈约翰·洛克菲勒曾是"石油大王"。

2 美国的高档社区，位于波士顿，许多名流住在那里。

3 国际元媛舞会，1780 年发源于英国，名门千金年满 16 周岁后，会在一个特别的舞会上觐见君主，并正式进入高级社交界。后来该习俗成为国际性的高级社交舞会，延续至今。

的信。我甚至考虑过给你找一份底层的工作，并为此跟圣地亚哥一家罐头厂的老板联系过。这也许能成就你，也许会毁了你（也就是，让你偷偷跑掉）。不过，这不失为一剂猛药。还好我没有被迫诉诸这个办法。奇怪的是，你是个守旧的女孩，有时仿佛活在芬尼夫人和特恩布尔夫人（你真该看看1933年银行倒闭时特恩布尔夫人的表情，当时我所有的积蓄都存在银行里——总共1800美元）的世界里。我过去通常鼓励你如此，因为我这一代的激进分子和堕落人士从未发现有任何东西能替代辛勤、勇气之类的传统美德，或殷勤、礼貌之类的老派优雅。但是，我不希望你活在一个虚假的世界里，也不希望你觉得造就芭芭拉·赫顿[1]的体系能维系十年以上，正如法国王室没能熬过1789年。在美国，你这个年纪的女孩都有过自己谋生的经历。对此视而不见，就如活在梦中——宣布"我将做有价值而无可取代的工作"才是智慧与勇气的表现。

最爱你的

爸爸

1　美国富家女，一生穷奢极欲，将祖辈留下的遗产挥霍一空。

又及，按《星期六晚邮报》的稿费来算，这封信值4000美元。既然它只为你而写，而且包含这么多要点，你难道不打算读上两遍吗?

最亲爱的甜心：

有些想法我没来得及跟你讨论，我将它们写在这里，在你入学的第一天[1]给你寄去。

看在上帝的分上，别到处询问哪些女孩来自法明顿，哪些女孩来自多布斯，这太过招摇。你会在其他女孩中树敌的。谢天谢地，你们终于智力相当——最终的领袖多半会是高中女生，我不希望你第一个礼拜就被她们打上势利小人的烙印——这根本不值一提。现在最要紧的是，去图书馆，翻开你的第一本书——只有 5% 的学生会这么做，成为其中一员吧，早点开始新生活。

1　指斯科蒂进入瓦萨学院的第一天。

现在有一条红线你绝对不能逾越……这不仅是因为你或许会"继承"的"聪明"，也是因为人们会把我的罪过附会在你身上。如果我听说你在二十岁之前就开始喝酒，我会觉得自己有权开始最后一次永不停息的盛大狂欢，世人也会对你的行为感兴趣的。一旦发现蛛丝马迹，人们就希望能宣称，也确实会宣称："她果然变成这样了——跟她爸妈如出一辙。"还用我说吗，你可以视之为诅咒——也可以将它看成巨大的优势。

记住，未来四年你都会在那里度过。这是一所寄宿学校，交际花会招人讨厌。永远不要吹嘘自己会参加舞会。我没法说清这一点有多重要。片刻的虚荣就会招致人际关系的急转直下。没有什么比旁人的幸运更令人讨厌了。说到这个：你会发现那里有一场组织严明的左翼运动。我不强求你关心政治，但希望你不要反对这场运动。人人都知道我支持左翼，如果你也是如此，我会以你为荣。倘若你认同任何形式的纳粹主义，我会非常生气。一些激进的女孩也许现在看起来平平无奇，但以后她们很可能在国会中占据高位。

我觉得，你最好对高年级的学生表现得恭敬一些。

每所大学的高年级学生都至关重要。他们接近你时会带着挑剔与审度的态度，也会在你每次尝试新事物时帮助你或阻碍你。我是指比你高一级的学生。大二的学生往往自负。他们觉得自己历经磨难，胸中已有点墨，尽管这一点值得商榷，可迁就他们的虚荣心才是明智之举。给予他们表面的尊重往往能给你带来好处，虽然这份尊重不一定出自真心。我希望你能自如地施展这样的本领，因为人的一生里，在严密的组织中低人一级的情况时有发生。我在普林斯顿的最后一年里，如果有人跟我说，我将听命于一位退役警员，我一定会哈哈大笑。然而事实就是如此，因为作为一名军官，他在军衔和能力上都比我高出几许——而且这样的情况不是最后一次发生。

读大学的这几年，你会发现：第一学期伊始，大约会出现六位领袖。其中至少有两位自我膨胀，一年不到就失了势。另外两位保住了地位。还有两位德不配位，第一年就会被人看穿——他们因此名誉扫地，地位大不如前，还会遭人厌恶，因为大家上过他们的当。

十五到十八岁之间，你所做的每件事都会定下你一生的基调。已经过去了两年，一半的指示灯已经熄灭——

还剩下两年，你必须拼命追逐那些依然亮着的指示灯。

　　开学第一天，我真希望自己能陪在你身边，我也希望你已经开始学习了。

　　　　　　　　　　　　最爱你的

　　　　　　　　　　　　爸爸

最亲爱的斯科蒂:

我忙得不可开交。合同能否续约,就取决于接下来的两个礼拜,在此期间,我会写完《居里夫人》的第一部分。因此,我自然在拼命工作——不过这些事我不指望你能明白——而且,我已经厌倦了向执迷不悟的女儿反复解释显而易见的道理。

如果你将去年九月皮驰思大声朗诵的那份文件听进了心里,那么这封信和另外的许多封信就不必存在了。我们有两种截然不同的看法——你急于向自己遇到的所有男孩极力施展魅力,即便那是克鲁马努人——天生的搬运工、未来的圣地兄弟会成员、清苦的流浪汉。而我觉得,你应该在未来——现在还不是时候——对少数男孩极具吸引力，而这些男孩以后会家喻户晓，或者至少致力于此。

这两种想法互相矛盾，而且完全相反、水火不容！这一点你从来都不明白！

去年九月我说过，我会给你足够的生活费，让你在瓦萨过上中等水准的生活，秋季学期你可以出两三次远门——比起寄宿学校的同龄人，你自由了许多。

四个礼拜之后的一个周末，我就遇到了你。你的生活费是这么花的——上帝保佑，我还记得：

礼拜五——搭火车去巴尔的摩

跳舞

礼拜六——（意外地）跟我一起去纽约

礼拜天——去锡姆斯伯里[1]参加聚会

这次远征的花费一定远超你整个礼拜的生活费。我当时就警告你，正如我在皮驰思朗诵的那份文件里说过

---

1 美国城市，位于康涅狄格州。

的，你在感恩节假期得自掏腰包。然而，我并没有在生活费上干预你，尽管你一直得寸进尺——海军游戏、系主任的消息、抽烟、元媛舞会的计划，直到你不回我的电报，这个举动结结实实地侮辱了我。我气极了，扣了你十美元生活费——这刚好是耶鲁跟哈佛比赛那天我给你打电话所花的钱，因为我根本不相信你说的话。

除了扣你 10 美元的那次，你每个礼拜都会收到 13.85 美元。如果你不信，我可以把支票的兑换记录寄给你。

发电报给我也没用了。如果你有我预先不知道的额外开支，我自然会帮你。如果没有，那你的花费就不能超过那个数目。你为什么要这样呢？你甚至不肯戒烟——而现在，你就算想戒也戒不掉了。假使安德鲁和皮驰思——他们家境优渥，我想你也会认同这一点——对自己的父亲说："我不会听你的话，只想得过且过。"那么，他们会在两分钟内失去自己本可能拥有的每月 25 美元的生活费。

然而，我待你从不过分严苛，除非事出必要。这也许是因为，不管发生了什么，由于你母亲的疾病，我总有与你相依为命之感。可去年夏天，你成功地摧毁了这种感觉，我不知道我们的关系现在成了什么样。老这么管束你，我也非常厌烦，很多时候我甚至已经不在乎你会不会好好学习。我一边跟你争执，一边还得尽量令你生活舒适——这根本违反人性。我宁愿买辆新车。

如果你想给母亲、皮驰思、玛丽·洛和外婆他们买礼物，不如列个清单给我，我可以在这里帮你处理。另外，我非常希望你在深入研究柏拉图的思想——另外，如果你给我机会，我依然深爱着你。

爸爸

又及，你还记得自己七岁时曾去费城[1]参加罗斯玛丽·沃伯顿的派对吗？她的姑姑和父亲前阵子常来艾勒斯利。

1　美国城市，位于宾夕法尼亚州。

最亲爱的斯科蒂:

我还是没有收到你的信,但我猜你的常识已经发挥了作用,我会收到一封精彩的回复。我不明白你为什么答不出我的第一个问题,除非你没有读过《永别了,武器》的第 160 页到 170 页。再试试! 我的问题并不晦涩,只需要留心。希望你已经将第二个问题的答案寄出了。第三个问题的答案藏在圣经中的《传道书》里,一共 15 页,既然你房间里就有文本,你应该用四五天的时间将它读完。依我看,你可以跳过 766、767、768 页上的斜体字俏皮话。这些话的作者另有其人,不知怎么被塞进了书里。不过,754 页的简介要细看,还有,注意,我说的不是"德训篇",那是完全不同的东西。阅读的时候请记住,这是世上最好的作品之一。留心了，海明威从第三段里引用了一个书名。事实上，里面满是书名。756页的那段话仿佛一位电影制片人对着泳池做出的忏悔。

很高兴你读了《二十世纪诡辩家》。诡辩家你天天都能见到，他们眼见着自己的世界分崩离析，也洞悉了一切的奥秘，却对此袖手旁观。

被子寄到了吗？一条是从巴尔的摩寄去的，另一条是从纽约寄去的，当然后来发现后者是寄重了。及时确认这类事情不是最基本的礼节吗？还有，哈罗德说，他给你寄了我的那本旧红皮书小说。你读了吗？

最爱你的

爸爸

又及，你忘了把第二页寄给我，这打乱了我列的伊丽莎白时代抒情诗清单，所以第二份清单上会有重复之处。你的随性肯定招老师们喜欢，但我觉得你做什么事都是五分钟热度。

最亲爱的斯科蒂:

我很高兴,因为在你的见解中看到了些许智慧——虽然直到电报公司找你核实,你才说出粉色纸条被风吹走的事实;虽然在你的信里,有一页写着礼拜四到礼拜天打算去巴尔的摩,另一页却写着根本不打算去。

关于 *** 的茶会,我很抱歉。我对她并不反感,只是她在瓦萨的事情上过于冒险,我觉得她进瓦萨是为了社会声誉。她看上去很友好,也很率直——这样的人在普林斯顿乡村俱乐部比比皆是。我真希望你能找到更有趣的朋友。为免你因没能参加她的派对而招致责怪,我给她的母亲写了一封信,解释了我禁止你赴约的专横行为。我也给 *** 的母亲写了信。

你回答我的问题时，也提了几个问题。关于巴尔的摩的那个问题，能在《传道书》里找到答案。"欢笑有时，哭泣有时"，等等。十四岁根本不是让你到处出席晚会的年纪——至少皮特·芬尼和我的愚见都是如此。***、*** 和 *** 的父母倒不这么认为。谁会对十六岁就韶华已逝的女孩感兴趣？有件事你依然怪我，就是我没有坚持自己的正确判断，让你去参加了圣安德鲁学校的舞会。

现在你跟大学生交往合情合理。（今年秋天我之所以不希望你待在巴尔的摩，是由于我觉得，这会让满心惦记着欢愉或爱情的你冲回瓦萨学院——事实也的确如此，因为你在巴尔的摩的第一个月平淡乏味。而且，我也不希望你的秋天以一连串的橄榄球比赛开场。）如果今年冬天或明年春天，有哪位有口皆碑的男孩——请让我知道他的名字——邀请你去参加耶鲁或普林斯顿的舞会，我肯定不会反对你赴约 *。关于去大学赴约，最重要的就是控制比例。你有没有听说有哪个大学男生，会从

---

* 　如果舞会不是在考试周的话。[作者注]

史密斯学院跑到瓦萨学院，然后再跑到韦尔斯利学院[1]？除非他是个白痴。接受大学教育必然有所牺牲，否则上大学就不会是一件光荣的事。

但纽约的那件事现在还不是时候，正如14岁拿驾照。我在这里引一段以前写给哈罗德·奥伯的信："纽约的元媛舞会聚集了一帮职业闲人、寄生虫、同性恋、失败者、大二学生里最蠢的那帮人、华尔街年轻雇员，还有食客——完全是纽约社交圈的乌合之众，他们会拿甜言蜜语哄骗斯科蒂这样的孩子，剥削她，榨干她，直到她变成一块松软失色的破布。再过一年她就能应付自如了。再过三年，她就会把这些人抛诸脑后。今年她还小，会被迷惑。她跟我一起待在这里要比跟那种人混在一起好得多。我宁愿再把这个生气的小女孩护在身边几个月，也不希望余生都要面对一个被毁掉的神经质女儿。"不过，我不需要跟你说这些——你也许已经在《生活》杂志里看到了傻女孩 *** 的故事，也在《纽约客》上读到过对她的冷嘲热讽。

---

1 这三所学校在当时都是女子大学。

说说钱的事。你下个礼拜一的全额生活费，13.85 美元，几乎会跟这封信一起寄到你手上。很遗憾，少掉的 10 美元给你带来了诸多不便，不过比起你给我造成的麻烦，这点不便算不上什么。我会额外给你 5 美元，这样，巴尔的摩之行就有了 18.85 美元，不过，这笔钱会跟下个礼拜的生活费一起寄出。我希望你一直在巴尔的摩待到礼拜天，我是指就待在巴尔的摩，而不是瓦萨，也不是斯卡斯代尔[1]。你这次去巴尔的摩，这笔钱绝对够花了。

　　是的，像十岁小孩似的被人监管的感觉真是太糟了。我本指望你今年的表现会大不相同。要不是你第一天来好莱坞时皮驰思与你同行，我一定会打消给社交少女提供住宿的念头。我之所以没有追究，是因为我不希望她的旅程这样开始。我跟你一样讨厌这种该死的状况。我简直能够想象，人们在纽约的舞会上指着你说："那是斯科特·菲茨杰拉德的女儿。她小小年纪就爱上香槟了。他怎么没做点什么？"

　　哪怕你的目标极其世俗，我为你指出的也是正道。

1　美国城镇，位于纽约市北部郊区。

有一种巨大的社交成功是，漂亮的女孩谨言慎行，仿佛自己只是中人之姿。

最爱你的

爸爸

又及，以后写信请都寄到我的新地址：加利福尼亚州，洛杉矶市，恩西诺区，艾米托伊大街 5221 号。

最亲爱的斯科蒂：

我很关心你的历史测验，虽然我知道，你课堂作业的表现也许更好。不过，在艾索沃克时，你的测验成绩几乎跟课堂作业水平相当，而且测验常在作业之前完成，而早早完成说明你看完所有文本了，不是吗？不过我觉得，只要你喜欢那门功课，你就能通过。我从不谴责失败——生活中有太多错综复杂的情况，可对于懒惰，我绝不姑息。我最终对 *** 失去兴趣，正是出于这个原因。我给你寄了一本书，普林斯顿曾有人从中受益。你可以翻翻看。你必须承认我的先见之明。我说过，你若想取得好成绩，努力的程度至少要介于准备艾索沃克毕业考试和准备大学入学考试之间。我不是说你得一直辛苦下去，而是说在抵达安乐街[1]之前，必然有一段艰辛的时光。为什么不把这样的时光放在当下呢？你还来得及在圣诞节之前摆脱这个困境——这会让我变得非常慷慨。

因为知道你的个性，我猜接下来的一个月你大概会这样度过。距圣诞节还有四个礼拜，你也许有好好学习的打算，但眼下你与巴尔的摩的某个男孩纠缠不清，这段关系你可能想进一步发展，也可能想一刀两断或暂时搁置——无论你想怎样，都需要花两三天的时间写信和消化此事。接下来的三天你会努力学习——直到回信再次将你打回原形。至此你的冲劲已经消耗殆尽，整整三天你都将士气低迷——看电影，去纽约，忘记提交论文题目，诸如此类。两个礼拜不见了。接着，唉，那些只有最聪明的人才知道防范的事情发生了——为期两天的感冒，圣诞节计划的意外变化，某件麻烦或扰人的私事。接着，只剩一个礼拜了，就算你拼命努力，也只会再拿到一个不及格。你看不出来吗，事情就是这样发生的。你自诩的"常识"都到哪儿去了？

---

1 Easy Street，电影名。

我开始怀疑你那里的邮政服务了。几周前我曾写信告诉你，第二个问题是：

　　从卡波雷托撤退时，亨利中尉想起了第二份清单里的一首诗，它以扭曲的形式出现在他的记忆中。那首诗是什么？

　　这个问题你只消一分钟就能答上来。还有，我在一封信里附上了去年六月你从艾索沃克给我写来的信，你收到了吗？

　　之前给你的地址是错的。正确的地址是：加利福尼亚州，洛杉矶市，恩西诺区，艾米托伊大街 5521 号。

最爱你的

爸爸

　　又及，预支给你的十美元中，有五美元已从这个礼拜的支票里扣除，请查收。

最亲爱的斯科蒂：

　　巴伯小姐写信告诉我，你很可能要被留校察看。我觉得失望，倒也不太伤心，因为这从九月开始便有迹可循。这方面，你跟我很像——每每一切看似无比顺利的时候，内里却在不易察觉又千真万确地悄悄崩坏。不过，从另一方面来看，你要记住，当你奋斗、拼搏，也许觉得毫无起色，甚至感到绝望之时，可能正是你取得缓慢而确凿的进步之时。希望十二月就是这样的时刻——如果你真的要被留校察看，我希望十二月是努力的开始，而这份努力能令留校察看早点解除。

　　我觉得巴伯小姐信里的语气有几分不友好。这无疑是因为，你好像跟她提起自己已经十八岁了，这自然让我对纽约之事的愿望完全变了味，也令我显得相当愚蠢。我最初对你的同情因此大为减少，所以给你发了电报。

我猜你手头拮据，所以 12 月 19 号的生活费多给了你一点，以备你不时之需。

我的安排都悬而未决。那本普林斯顿的小册子有可取之处吗？

最爱你的

爸爸

又及，你的信我收到了。你叫我别担心分数，我很感动。我也明白了为何大一新生的分数被压得很低。"我不知你为何如此生气，因为我不够聪明。"这句话触动了我的心弦。我不知道这句话里最令我印象深刻的，是思想，还是风格。哪首诗是你的哲理诗？"做我的小，小，小，小妻子？"

这提醒了我。我把 W.S. 吉尔伯特的歌词集给你寄去了。我希望你读一读《耐心》，它是对王尔德苦行主义的反击。你喜欢《道森》这首诗吗？哪部臭名昭著的现代小说的书名取自这首诗？

　　至于你的杰作——日记。（说真的，有些地方写得很好，敏锐的观察，闪现的智慧，等等。我截取了第一页和第二页，打印出来，寄给了你的外婆。）

　　我只做了少许更改——名字换了（迈尔斯、墨菲斯，等等）；提及你母亲没有好转的部分……我没有更改任何词语或句子——甚至没有更正你的拼写错误。原谅我画的地图——我一直不清楚你从瑞士到巴黎的路线。

　　如果你要去巴尔的摩，你打算拜访谁呢？我没有时间为你挖掘欧内斯特的资料，不过他在第一本书《我们的时代》中透露了不少自己的生平。我没有扣你一个礼拜的生活费。希望你立刻写信——假期前我会收到的最后一封信——告诉我，你总共欠了多少钱！

　　　　　　　　　　　　　　　　　　　　　　爸爸

1939 年,
女儿 18 岁

我一定非常爱你，
因为你能令我的心情上下颠簸。

[1939 年 1 月]

[加利福尼亚州 恩西诺区]

[艾米托伊大街 5521 号]

最亲爱的甜心：

我想，你必须在 2 月 3 号之前存起这笔钱。总之，一旦决定选什么课，你就把钱交掉。我看了课程目录，添上了一笔音乐课的费用——你显然还没有拿到音乐基础课的学分。

我猜你应该已经写完那篇文章了。如果你还在写，别忘了结婚年龄主要取决于生理因素。印度的女孩十三岁就成熟了，美国热带地区的女孩大约十五六岁成熟，斯堪的纳维亚的女孩则要等到二十一岁才会成熟。生活中的大多数问题都源于经济（至少我们马克思主义者是这么认为的），不过在这个问题上，生理因素会给经济因素使坏。因此，西班牙有家庭教师[1]，法国有女伴[2]。这

---

1 duenna，少女的保姆，与少女一同起居的家庭教师。

2 chaperone，旧时照顾未婚少女的年长女伴。

是因为，这些民族意识到，尽管从经济方面考虑，结婚年龄最好往后推延，可南部地区的天性却打着完全相反的算盘。

特恩布尔的那件事，我会处理的。

这个时候你应该已经知道考试成绩了，希望你拿到了好分数。你在父母双方的家族中，是第一位接受高等教育的女性——虽然家族里有很多女性都饱读诗书。如果你对此稍作了解，就会好好利用自己的巨大潜能，过上比美国大多数漂亮女孩更充实与富足的生活，而她们的生活往往偏狭、保守、意难平。

"辛娜拉"之类的事怎么样了？我感觉自己快生气了。

我的地址是：

　　　　加利福尼亚州

　　　　恩西诺区

你的信真是虚与委蛇的杰作。

　　　　　　　　　　　　　　爱你的

　　　　　　　　　　　　　　爸爸

[1939 年冬]

[加利福尼亚州 恩西诺区]

[艾米托伊大街 5521 号]

最亲爱的斯科蒂:

我知道你先看了支票,但那不是交易凭证。我现在太累了,不想跟你争论,但你说的金额是错的。不管怎样,我正在让秘书核对。我觉得其中必然有什么名堂。

抱歉让你觉得我要放弃电影了——电影的工作我一直在做——我刚写完一则短篇小说,正在为派拉蒙公司[1]改编剧本,为期两周。不过我已经确定,他们暂时不会如我十个月前所愿,让我成为业界沙皇。没关系,宝贝——生活已令我学会了谦逊——无论当不当沙皇,我们都会活下来的。我现在甚至愿意屈居摄政王之位。

---

1 美国的一家电影制片与发行公司。

说正经的，我希望余生能不时与电影打交道，但这没法让我内心深处感到十分满足，因为电影得讲适合儿童的故事，有趣的程度有限。这是人类最伟大的交流媒介，可惜的是，审查制度随之而来，凡事都要插一手。不过事情就是如此。只是——我再也不会签一份在一年半内只能讲儿童故事的合同了！

不管怎样，我在忙玛德琳·卡洛[1]的新片子了（去看看《顽鸾戏凤》——我觉得它精彩极了。新片子的班底跟它的一样：制片人、导演和演员都一样），而且不管怎样，电影给人们提供了超越自己无聊生活的机会。

阅读的事，你令我失望了。很遗憾，这样我就不得不跟你做个交易了。看在你让我帮过的忙分上，读一读《摩尔·弗兰德斯》[2]吧。我的意思：别看《托诺·邦盖》[3]了，不过，如果你不把"多探索文学、少翻《生活》杂志和《纽约客》"的建议放在心上，我将变得无情起来——我要是感受不到人们的努力，就会做出冷酷的反应。所

1　美籍英裔女演员，最著名的作品为阿尔弗雷德·希区柯克的《三十九级台阶》，代表作品还有《间谍》《封锁》等。

2　丹尼尔·笛福的小说。

3　英国作家 H.G. 威尔斯的小说。

以，请立刻向我汇报《摩尔·弗兰德斯》的阅读心得……与此同时，再给我寄一封航空邮件，聊聊德雷柏太太和她的几位女儿。她是谁？几位女儿是谁？还有，摩尔·弗兰德斯是谁？

希望你在普林斯顿的舞会上玩得开心，请不要开心到——不过算了，我厌倦了预言——引火烧身。我就只说一句："请不要得意忘形！"以及，如果你得意忘形了，别说我是你的监护人！（还有，千万不要接受任何新闻记者的采访，不管是正式的还是非正式的——这是最明确、最慎重的请求。我的名字，与沿袭了我部分名字的你，在某些方面依然是新闻——出于无数难以言喻的原因，我目前的对策就是沉默。请帮我这个忙！）

四月初——3号或4号，我想跟你在什么地方见一面。

你母亲在佛罗里达——她的行程似乎耽搁了。

得知了"你的法语、英语和历史老师们"（虽然这句话甚至不合文法）之类的事情，我很高兴，浑身暖洋洋的。虽然你羽翼已丰，我充其量只是你最可靠的朋友，但你的一举一动依然牵动着我的心弦，由于相隔遥远，我只能通过瓦萨的目光来观察你。我很惊讶，你没像俄罗斯双头鹰一样牢牢攥紧手里的某个优势，一个不是非得接受教育的女孩——因为她偶然拥有其他女性的天赋，却依然接受了教育。就像汤米·希区柯克，他1919年从英国回来时已是报纸上的英雄，因为他逃离了德国，而且是世界上最伟大的马球选手，但他在那一年进入哈佛大学，成了大一新生，因为他足够谦逊，会问自己："我知道什么？"这令他永远地住进了我心中的万神殿。

你去照样行吧。[1]

　　　　　　　　　　　　　　　　　　　爱你的

　　　　　　　　　　　　　　　　　　　爸爸

1　Go thou and do likewise. 出自《路加福音》。意思是，你去做同样的事情吧。

[1939 年冬]

[加利福尼亚州 恩西诺区]

[艾米托伊大街 5521 号]

最亲爱的甜心：

今天休息！我整晚都在改编《飘》，明天要做的事更多。我读了这本书——是真的读过了，它是一部优秀的小说——不是很新颖，能看出《老妇人的故事》[1]《名利场》及所有内战小说的影子。里面没有新的人物、新的技法或新的洞见——没有任何令文学成其为文学的要素——尤其缺乏对人类情感的重新审视。但另一方面，这本书很有趣，它惊人地诚恳，也很连贯，从头至尾都精工细作。我对它并无轻蔑之意，只是为那些视此书为人类思想至高成就的人略感遗憾。关于这本书，我就说

1　英国作家本涅特的长篇小说。

这么多，我可能会在这本书上耗费两个礼拜——或者两个月。关于《居里夫人》的改编，我跟所有人意见相左，他们选择了另一种方式。

你的感冒搅起了我一些不愉快的回忆。你跟我一样，年轻时总爱感冒，支气管感染，几乎发展成肺炎。我大二那年才成了老烟枪，一年后就得了肺炎，我的生活因此蒙上了好长时间的阴影。我希望有什么东西能使你戒掉烟瘾——唯一的诱惑是，如果你六月时已精疲力竭，没法出门度夏，那就太遗憾了，因为有很多事要做要学。我可不想埋葬穿着元媛舞会礼服的你。

我自己的计划尚未确定。经历了审查的麻烦之后，我已经厌倦了电影。等我再博一个好口碑（这方面《女人们》是没指望了），我就打算暂停一下电影工作——不过具体是什么时候，我还不知道。

我没有读过《君主制》。读了几篇科妮莉亚·斯金纳的文章，发现都很单薄，也缺乏趣味。既然你要研究《道林·格雷的画像》，我祝你成功，不过，我希望教授知道你在研究什么。她也许会认为，重新排列别人的文字算不得文学创作，那样的话，你的处境就会很尴尬。你要选游泳课吗？

最爱你的

爸爸

又及，你要推迟"辛娜拉"之类的事，我当然不反对，虽然这不过是举手之劳，而你又必须每天泡图书馆。你的大学功课最重要——但我不禁好奇，如果时间已经如此紧迫，你怎么会想去试演一出戏的？显然，这种事你现在根本不该去做——去年的经历应该已经给你上了一课。

亲爱的斯科蒂：

谢谢你写来长信，告诉我选课的情况。

总的来说，我觉得，你选择主修法语是明智的。索邦大学也许是个好目标，虽然我猜你会面临竞争。还有，如果你打算选修一门英语课，我认为你的选择很明智。如果你乐于选修音乐史，我也赞同你的决定。但是关于化学课，我希望你三思。这是一门非常繁重的课程——需要在漫长的实验过程中保持全神贯注和一丝不苟。另外，除非你数学很好——而你一直不太擅长数学——否则一旦犯下小失误，你就得将实验推倒重来，而我觉得这会与持续数小时的音乐练习和某些日常功课起冲突。

我建议你改选基础物理。如果你入学时已有基础物理的学分，我不知道学校会不会允许你再选这门课，不过也许会的，而且这是一门非常基础又非常有趣的科目，再学一遍也相当简单。我不是让你选二年级的物理课，因为那门课跟化学一样，涉及大量数学运算。但是如果，上帝保佑，学校坚持让你选一门理科，我建议你按以下的顺序考虑：植物学、生物、儿童研究。想想花朵给你母亲和外婆带来的巨大喜悦，那几乎成了她们悲惨生活的慰藉。也许你能成为勒诺特[1]那样的景观设计师，不过切身的快乐也同样重要。我总觉得自己一直缺点兴趣爱好，除了军事、橄榄球这类抽象而学术的东西。植物学是一门非常明确的学科，它植根大地。读了梭罗，我才发觉自己由于远离自然，实在失去了太多。

哲学的事，我很遗憾。我想，如果你们的测验会考察重要人物，那么集中精力钻研柏拉图、阿奎纳和笛卡儿会比从头开始梳理哲学史更有效。请不要因为成绩不好就放弃哲学。你确定自己完全理解"唯名论者""实在论者"等术语在各个时代的用法吗？我希望你对哲学

1　法国 17 世纪的风景园林设计师，凡尔赛宫花园的主要设计者，也是太阳王路易十四钟爱的朝臣。

的兴趣至少会涉及黑格尔，马克思主义思想就起源于黑格尔；你一定会认同，马克思主义与暧昧的诡辩毫无关系，它与最切实的物质革命结合在一起。

我建议你和大家一起去海岛[1]参加派对，然后独自返回，这样回程途中你至少可以跟你母亲在阿什维尔待上一整天，如果你愿意，还可以去巴尔的摩待一天；我的意思是，出于礼貌，你应该去拜访一下芬尼夫妇，否则他们会有点不高兴的。我尽量第二天赶到东部，至少跟你见上一面——也许在阿什维尔——不过我被骗进了另一部电影的工作里，可能一直要工作到四月十号；另一方面，也许明天此事就会告吹。（是卡罗尔-麦克默里的新戏。）

最爱你的

爸爸

又及，能告诉我海岛之行的预算吗?

---

1 美国岛屿，位于佐治亚州。

又又及，关于翻译，你的观点并不完全正确。（诗歌当然无法翻译，但是即便是诗歌，我们也有《鲁拜集》[1]这样的特例）康斯坦斯·加内特[2]译的俄语书非常好，而斯科特-蒙克里夫的《普鲁斯特》本身就是一部杰作。还有，好书不要只看一半就丢下，你简直是暴殄天物。你不该打开《战争与和平》的，这是一部男人的书，也许以后你会对它感兴趣。不过，你应该读完笛福和塞缪尔·巴特勒[3]的作品。不要亲手毁掉杰作，这太铺张了。世上的好书没那么多。

1　古代波斯诗人奥玛·海亚姆的诗集，1859 年英国诗人爱德华·菲茨杰拉德将这本诗集译介到英语世界，并且保持了原诗的韵律形式，成为英国文学的经典。

2　英国翻译家，英语世界翻译俄国作品的权威人物。

3　英国作家，代表作有长篇小说《众生之路》。

最亲爱的斯科蒂:

听你说乌云已经散去，我太高兴了。别让它再次降临！从前，当普林斯顿的乌云散去，我又能随心所欲时，我开心极了。待它第二次降临，我的大学时光就再也没能摆脱一团糟的学业。如果今年春天你没有高兴到忘乎所以，就别让自己前功尽弃——一切都会好起来的。

祝贺你——我知道这对你来说意味着什么，这是你凭一己之力为自己做到的事情。是一种辩护。唯一扫兴的是，往后的每个礼拜我们都得继续为自己辩护，也许偶尔能休息一下。你读过克里斯蒂娜·罗塞蒂[1]的那句诗吗：

1　19 世纪英国女诗人。

"这条路一直蜿蜒到山顶吗？

是的——直到尽头——"

我希望你给皮驰思买份礼物——准确地说，是一份有用的礼物。这似乎有点奢侈，但这是一个礼尚往来的世界。我给你二十五美元的预算。尽管这个举动很大方，但礼物应该很朴素——某个对她来说既实用又能派上用场的东西——不像戒指表。某个如果你不买、皮特就得买的东西。你很了解她，知道她想要什么。好好想想——如果你给她买了一份华而不实的礼物，就事与愿违了。

另外，也给你母亲带一份十五美元的礼物。所以我会给你：

每天 13 美元的海岛六日行……………………78 美元

两份礼物……………………………………………40 美元

火车票……………………………………………100 美元

衣服…………………………………………………50 美元

其他开销……………………………~~310 美元~~ 50 美元

310 美元（合计）

加上机票钱，我一共给你三百五十美元。零用钱方面没有商量的余地。我知道人们本能地想用慷慨的小费取悦每个人，可到头来，我们这些过于慷慨的人会死于心脏病，因为本想做好事，却奖赏了不值得的人，所以，零花钱省着点用。

乡村俱乐部输了，我挺高兴的。他们已经叱咤风云了五年——是时候让位给别人了。在这个糟糕透顶的体系里，唯一健康的事情就是，四巨头中的任何一方都不能长盛不衰。我那个时代占主导地位的是老虎旅馆——从那时起，它们就轮流上位。你在舞会上有没有遇到一个叫拉尔夫·怀尔的人？他来自明尼苏达，在我看来他挺值得钦佩的。我曾亲眼见他在达特茅斯冬季嘉年华的曲棍球比赛中优雅地摔掉了一颗牙齿。

关于英国小说的讽刺性，你的看法很敏锐。如果你想读反讽小说，看看《荒凉山庄》（狄更斯最好的书）；如果你想探索情感世界——不是现在，而是几年后，读一读陀思妥耶夫斯基的《卡拉马佐夫兄弟》。你会见识到小说能写成什么样。你喜欢巴特勒，我很高兴——我喜欢写欧内斯特的父亲"转过身去，掩饰自己的无动于衷"

的那段。天哪——那些话将憎恨描写得多么精准啊。我希望能用这样精准的枪法消灭几个我憎恶的人——例如，***。

再次感谢你写信给我。我一定非常爱你，因为你能令我的心情上下颠簸。

Jove

（有时候指朱庇特[1]，有时候指"天使爸爸"）

1　罗马神话里统领神域和凡间的众神之王，古老的天空神及光明、法律之神，也是罗马十二主神之首。

最亲爱的：

谢谢你的来信。

等你有空，跟我说说寄给你的钱是怎么花的。我的意思是，大概估算一下钱都去了哪里。还有，你往返海岛与阿什维尔时有没有搭飞机？正如我之前在信里说的，2 月 1 日之后，大多数往东飞的航班都很安全。尽管去年秋天你回东部时遇上了暴风雨，但我觉得，若不习惯搭飞机并享受它带来的便利，就有点守旧了。

你给妈妈留下了很好的印象。这与一年前在弗吉尼亚海滩的情形是多么不同，当时你的生活里满是沉闷的网球比赛和高尔夫课，你看起来像极点一样遥远。当然，这很大程度上也归功于她的状态好多了，不过我觉得，那阵子你在 *** 那里第一次找到了爱情，直到回巴尔的摩之前，你都有些神魂颠倒。

对我而言，春天不是读书天。我总觉得，在乏味的漫漫冬日，除了学习就无事可做。但在悠长梦幻的春天，这种感觉就消失了，我得设法让自己沉浸在水深火热的学业里，直到六月结束。我没法告诉你该怎么办——我的建议似乎都非常遥远、流于理论。但是，如果我跟你在一起，我们可以像以前那样聊聊天，也许我能帮你解决难以集中注意力的问题。这其实没那么难，即便对我们这样爱做梦的人来说也是如此，只不过有时候我们的安全感过于强烈——只要银行里还有钱付下一餐饭，只要我们还有足够的精神储备来渡过下一个难关。我们的危险之处在于，总是假想自己还有资源——物质的和精神的，事实上，我们没有。我发觉自己之所以总是陷入情绪低谷，其中一个原因就是，似乎每隔几年，我都要为了从某次破产中恢复过来而不断爬坡。你知道破产到底是什么意思吗？意思是，用上了不属于自己的资源。我以为自己非常强壮，永远不会生病，然后我突然一病三年，一段漫长而缓慢的上坡路摆在了眼前。聪明人似乎能积累储备——这样的话，如果你在某个原本打算用来备考哲学的晚上，突然听说最好的朋友遇上了麻烦，需要你的帮助，你就可以拨出那个晚上，因为另外还有一两天的备用时间可供复习。不过我觉得，你跟我一样，在这方面一辈子都会是白痴，所以我不过是在白费口舌。

问题：春季学期你会修游泳课吗？我无比希望你会，但我猜你的课已经选定了。如果你没选游泳课，那你春天要选哪种运动呢？

第二个问题：你有没有办法——别骗我——学驾驶？还有，如果你有时间——这不重要——简单地为我描述一下海岛的生活。另外，有空时给你母亲写封信，因为我推迟了探望她的时间。由于这部该死的电影，我可能得在这里多待三个礼拜。她也许会觉得我永远不会去看她了。

永远最爱你的
爸爸

又及，收到了弗朗西斯·特恩布尔的信，她对我寄去的支票表示感谢。

你有没有办法——别骗我——学驾驶？

最亲爱的：

我给你寄去了四个礼拜的生活费，希望够用。我回来后发现了你那封贴心的信。请把债务还清。你知道的，如果事态超出了你的掌控，随时可以找我。不过，我现在受困于疾病，今后几个月只得省吃俭用，直到痊愈。所以，别把钱挥霍在奢华的春季行头上。

六月的计划取决于那些我现在完全无法确定的因素。说真的，我不知道我们要做什么。虽然我有这个住处，也许能把你母亲接过来住上一个月左右（给她写信时千万别提起此事，因为医院已经准备好了一切，我还没向卡罗尔医生透露过任何计划），我还是觉得你不该来这里。你知道的，我们的关系肯定会因此变得跟五年前在巴尔的摩时一样差，我或多或少会扮演起令人不快的间谍，窥视着你的私事。

我琢磨了几种可行的方案。其中一种是，你愿不愿意跟别的女孩组个穷游团，去俄罗斯玩一趟？我想，瓦萨肯定有类似的活动，你只需要打听一下，然后再告诉我具体的情况。我是说，三四个礼拜的旅程。的确，这个暑假我不希望你再去法国。不过，一趟不奢华的俄罗斯之行也会成就一段人生经历。这个方案的可行性你自己考虑。我的弓上另外还有几根弦，不过我不打算一下子全告诉你。但是，来好莱坞——为什么呢？

你想来这里做什么呢？我觉得你不该整天待在片场里吭哧吭哧地阅读糟糕的小说和更糟的杂志故事，一天下来，你百无聊赖，也许什么都愿意接受，甚至是头脑空空的加利福尼亚男孩。我也考虑过给你做个测试，但我至少想到了三四个反对的理由。第一，我觉得你应该再等一年——第二，我希望你在瓦萨再待上一年，然后在巴尔的摩举办元媛舞会。假使你表现得很好？那么，这又会彻底打乱我们回东部的精心计划。你在这里还有什么能做的吗？你想来当我的秘书吗？让我们跟着鲍里斯·卡洛夫[1]那伙人无声而阴郁地大笑吧。至于你之前的一些想法，我不记得我们有没有讨论过，但我记得其中一个是，你该不该去某个新英格兰小镇参演夏令剧目。亲爱的，我还不如干脆把你交给那些白人奴隶。对你这样的女孩来说，这完全是个消遣的活儿，女孩们会拼命竞争，看谁能有幸得到男主演的引诱。

　　无疑你会有各种各样的想法，不如列下来，寄给我看看？也许我们能从中找到彼此都认可的方案。

　　我想我应该已经回应了你信中提到的每一点，关于驾驶的事，我又有了一个主意，我打算过一个月再说，在我看来，你这个年纪的女孩若不会开车，简直危险。

最爱你的

爸爸

1　英国男演员，代表作有《科学怪人之子》。

[1939 年 7 月]

[加利福尼亚州 恩西诺区]

[艾米托伊大街 5521 号][1]

　　我的计划是，让你本月最后一天启程来这里——也就是写完这封信的十天后。唯一会令计划有变的是突发疾病。这不大可能，但也不见得完全不会发生。我不知你此行结果会如何，心中有些许不安。当然我现在不喝酒了，而且好长时间没喝了，但任何疾病都可能给身体带来副作用，也许你会发现，我令人沮丧，对小事过于紧张，而且独断专行——这些特质从前你就在我身上见过，只是现在更严重了。除此之外，我一直在辛苦工作，一天下来，最不想见到的就是麻烦，而你在这个年纪，自然希望每天以刺激作结。我跟你说这些，是因为近来

1　这封信的开头已轶。[原注]

143

我们满心期待地规划了许多次会面，却都没能实现。也许有言在先，反而能让你有个准备。

如果结果令人不快，我就只能再次打发你去东部的某个地方了。不过，就算我们相处不够融洽，这里还有不少朋友，你逐一拜访完也得花上一阵子。因此，此行是有意义的。还有，现在我比以往任何时候都离群索居，不过我想这不会给你造成困扰，因为你前两次来这里时，已见过了不少电影明星。想知道我如今觉得生活有多无趣，你只消读一读塔金顿刊在 7 月 22 日《邮报》（我想这份报纸现在还能买到）上的小说——《罪孽深重的达达·利特》，记住，我读这篇小说时没有感觉到一丝乐趣，反而非常厌恶"达达"，因为他最后没把那两位初入社交场的名媛淹死。

也许我低估了你，因为今年夏天似乎每个人都对你的礼貌与"态度"（我知道你讨厌这个词）感到满意——尤其是欧文斯夫人和你母亲。但你去年秋天给许多人留下了极其不愉快的印象，我宁可不见你，也不想见到你却不爱你。你的家在瓦萨。目前其他地方都是对家的拙劣模仿。糟糕的是，事实就是如此，唯一的办法是将此行当作一次拜访，彼此相处也要谨记基本的礼节。我每晚十一点到十二点之间会吃安眠药，所以我们不会在午夜争吵了，正是这种争吵毁掉了你的六月之行和九月之行。派对的事，就不能等你到了这里再讨论吗？关于这件事，你知道的，背后还有很多细节我要跟你商讨。（还有，关于哲学，你记错了。如果选修哲学是一个错误，那么，错在我，而不是你。一年之前，我选了这门课，那天我们在海滩上，拿着课程目录，坐在我的床上。而且，我给瓦萨学院的几个人写了信，想让你选上这门课。你说历史和法语像个谜，对我来说，它们也是如此。）

等你跟妈妈单独相处时，把我附上的信交给她，因为我不希望院方经手。（情况变了。现在我单独给她写信。随信也附上了你跟她的膳宿开销。）

最爱你的

爸爸

又及，我肯定要跟奥伯分道扬镳了，不过他还不知道这事。

[1939 年 7 月]

[加利福尼亚州 恩西诺区]

[艾米托伊大街 5521 号]¹

听说你已康复，能四下走动，我真的很高兴。遗憾的是，你选择的后福楼拜时期现实主义作品令你沮丧。读亨利·詹姆斯我一定不会从《一位女士的画像》下手，这本书属于他"过时的二流写法"，满篇矫揉造作。为什么不先读一读《罗德里克·赫德森》或《黛西·米勒》呢？《吉姆老爷》² 是一部伟大的作品——至少前三分之一和整本书的构思如此，尽管关于加尔各答法庭的那部分——或是另外的某处——有点松散。不知你是否明白它好在哪里？《嘉莉妹妹》³ 几乎是第一部美国现实主义作品，精彩极了，而且跟《真情告白》⁴ 一样通俗易懂。

1　这封信的开头已轶。[原注]

2　英国作家约瑟夫·康拉德创作的长篇小说。

3　美国现实主义作家西奥多·德莱塞创作的长篇小说。

4　美国电影，导演是韦斯利·鲁格尔斯，由卡洛·朗白、弗莱德·麦克莫瑞等人主演。

我倒是希望自己能对《小姐》杂志最近刊登的什么文章同样作此评论。恕我直言，正如我曾提醒过的那样，你不过成了一个被人捉弄的傻子——因为我难以相信你会声称，在我去地下酒吧的时候，你在一心求学。现在木已成舟，不过以后你在写作时，请署一个跟我的名字不那么像的名字。你一定很想拿到这五十美元，才让他们刊登了这么一篇关于你少年时代的庸俗而扭曲的文章，除非你真觉得，是弗雷德·阿斯泰尔的电影教会了你"凭自己的双脚"站在勇敢的立场上。这不是要跟你吵架，不过你真的欠我一个解释，因为我在这篇文章里面看不出任何"孝顺女儿"的迹象。

　　你收到这封信时应该已经是11号。你计划14号出发，来加利福尼亚——你母亲的计划在去弗吉尼亚海滩旅行和在萨卢达[1]享受一段安静的时光之间摇摆。你们的计划都要等我决定，因为我还不确定哪个方案最好。我在等蒙哥马利来的信，想知道你外婆确切的健康状况，还要决定我在片厂的工作量和相应的报酬——这取决于 X 光

1　美国县城，位于南卡罗来纳州西部。

的情况，制片厂愿不愿意让我在家工作，以及一些别的因素。

　　我想让你夏天来这里待上一段时间。我在乡下有一间很棒的小屋，只是地处偏僻，要是驾驶技术不过关，根本到不了那里。我不知道在这里放一架钢琴是否可行（记得我对收音机的看法吗），不过如果"人为误差"[1]的确存在（目前我对这种情况负全责），一切都能安排。自从三个月前停下了电影的工作，我不仅熬过了一场急性肺结核，而且经历了严重的神经瘫痪，这几乎令我的双臂一度完全麻痹——用医生的话来说就是："上帝拍了拍你的肩膀。"当我没有烧到99华氏度以上时，我真不知道这次回到电影业是为了什么，假使哪天我的身体垮掉，你就会知道我是一个多么可怜的顾家男人。你最好——我写这封信时只是在思考最佳方案——在东部至少再待一个礼拜，或者，不妨去阿什维尔或靠近阿什维尔的地方待一个礼拜，这会让你母亲非常开心。跟她一起远行肯定要有护士同行，而且会花不少钱，就像每次

1　Personal equation，又译个人误差，系起源于天文学的名词，指由个体差异导致的观测误差。

你母亲和我旅行时那样。

不过，如果月底这里的情况能定下来，我可能会改主意，让你过来，让你母亲去蒙哥马利。眼下你除了一边等待，一边尽量与音乐、写作和我能提供的生活费好好相处，也没什么能做的。哈曼医生给我寄来了一张25美元的账单。要么他非常拖拉，要么你在巴尔的摩的最后一天才去拜访他，因为他的诊断结果在手术当天才到，这钱算是白花了。不过，他似乎认同，你有八成的可能性最终需要切除阑尾。

我问过你的成绩。你知道后，寄航空邮件告诉我。如果平均成绩能接近"B"，我觉得你已经出色地将自己从一个非常艰难的困境中解救了出来。

这封信上的内容，你想读多少给你母亲听，就读多少。我倒不是觉得这事令人不快，只是你没像之前声称的那样写南北方女孩的差异，而是选择骑在我的肩膀上，用木勺打我的头，我自然会感到诧异。

我收到你的银行对账单了，注意到有六张单据标着"余额不足"。最近，这里曾经的王牌导演马歇尔·尼兰[1]因为这个小问题进了监狱。这段日子，如果你没有拿到钱，就最好别花钱。梅瑞狄斯的事我也觉得很遗憾——我一直很喜欢他。跟奥伯的不和是因为他最近很冷淡。我很遗憾——我们愉快地相处了二十年。***既不自以为是，也不古板，他是个挺好的小伙子，娶了一位名为***的和善妻子。

爱你的

爸爸

又及，我给皮驰思寄了一份精美的礼物。本来也打算给那个叫***的女孩寄一份，但是约翰跟我说了一番"微妙的"话，说是有个蠢家伙在戒酒中心待了一年便洗心革面了，他差点在第33街上被当街踢了屁股。

1　美国导演，代表作有《不可原谅的罪孽》等。

1939 年 10 月 31 日

加利福尼亚州 恩西诺区

艾米托伊大街 5521 号

斯科蒂娜：

　　（你知道吗，这个昵称不是我发明的，而是杰拉德·墨菲[1]许多年前在里维埃拉[2]编出来的。）看！我开始写新故事了，它也许会很精彩，接下来的四到六个月里，我都会专注于此。也许它一毛钱也没法给我们挣到，但能用来抵掉开销。而且，自接手《不忠》的第一部分后，我这是第一次做自己喜欢的事情。（你记得去年复活节被审查员叫停的那个剧本吗？两年前我给你看过半成品，你在巴尔的摩飞诺福克的航班上读完了。）

1　前述"墨菲夫妇"之一，爱尔兰裔美国人，菲茨杰拉德在《夜色温柔》中塑造的主人公——狄克·戴弗的原型。

2　地中海沿岸区域。

不管怎样，我又活过来了——熬过那个十月真的不容易——尽管伴随着压力、需求、羞辱和挣扎。我没喝酒。我不是一个伟大的人，但有时我觉得，我才华中不近人情的客观特质，以及为了保存它的根本价值而做出的零散牺牲，有一种史诗般的壮丽。不管怎样，下班后我就会用这种幻觉来支撑自己。

这本书[1]涵盖了你成年后所见到的我的生活，我想，等你读过，便会明白我对你的世界了解得有多深入——并不广泛，因为我病得厉害，没法到处走动。如果我活得够久，就能听听你对这段生活的描述，但我觉得，关于身为艺术家的局限性，你自己的直觉也许是最准确的：你可以在各种艺术形式之间来回尝试，直到找到适合你的职业，就像我找到属于自己的职业那样——不过依我看，到目前为止，你还不是一个"能无师自通"的艺术家。

那又怎样呢？这是非常宝贵的几年。就让我继续关注你的发展吧。你在学什么课程？请列下来。请满足我。请不要让我开启高神经能量模式——在那种状态下，我

1　指《末代大亨的情缘》。

通常能隔着很远的距离辨别出你的导师用了什么染发剂，也能靠一块破布、一根骨头和一绺头发重现 1938 年 3 月的凶杀案现场。不过，向我大致描述一下吧。

1. 关于我，奥伯夫妇说了什么？很伤心吗？

2. 为什么我要跟欧文斯夫人说你是个坏女孩？

3. 你在演什么戏？

4. 参加了什么舞会，玩了什么游戏？至少让我重温一下青春吧！

5. 假使你是一位父亲——而不是一位癫狂天才的癫狂孩子——你会做什么？要怎么做？

6. 什么家具？你还想要蚀刻画吗？

7. 罗莎琳德写了什么？

8. 你想来这里做个测试吗？

9. 你有没有想过拜访墨菲一家，让他们开心一下——而不是抨击 *** ？

很高兴你读了马尔罗的书。你拿到驾照了吗？玛丽·厄尔友好吗？我对康涅狄格的第一印象是勇敢、可爱、顽皮。

最爱你的

爸爸

F. Scott Fitzgerald

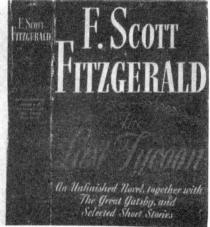

《末代大亨的情缘》初版护封

最亲爱的斯科蒂：

抱歉，我那封信跟你的错开了——我是指说你不是"'能无师自通'的艺术家"的那封。如果演出的成功归功于你或由你促成，我会很高兴。并不矫情地说一句，我觉得，如果你能用瓦萨赠与你的东西来回馈瓦萨，这将非常美好。

我信中唯一重要的问题是你在巴尔的摩的交际圈，我想知道交情的深浅，因为我自然要寄出合适的礼物，等等。

回答我的那个问题。另外，我想知道你在那场演出里的戏份有多重。

我在帮你想一个比"脂粉俱乐部"更好的名字。你觉得"歌与故事"怎么样？不怎么好——还是挺好？

真抱歉，给你写了那封信。让我再重复一遍，不管你追随科尔·波特、罗杰斯和哈特的脚步，开始从事何种职业，都可能会是一个很好的尝试。有时候我希望自己走的是那群人的路，但我又觉得，内心深处我是个道德家，比起娱乐大众，更想以某种能被世人接受的方式向他们布道。

随信附上一张小额支票。

最爱你的

爸爸

1940 年,
女儿 19 岁

我记得很久之前，
我有个经常给我写信的女儿，
可如今我不知道她去了哪里，
也不知道她在做什么，
所以我坐在这里，
听着普契尼：
"有天她会写信来。"

1940 年 1 月 25 日

加利福尼亚州 恩西诺区

艾米托伊大街 5521 号

最亲爱的斯科蒂：

我们的交流显然是从你那头中断的，我推断你是恋爱了。记住——十九和二十岁受欢迎的女孩当中，正肆虐着一种可怕的疾病，那就是情感枯竭。希望你不要走上这样的路。还有，我收到一张医生的账单，里面有 X 光的项目。你患过咳嗽吗？请告诉我一下，哪怕只是寥寥数语。

这个礼拜你为我挣了一些钱，因为我卖掉了《重返巴比伦》的电影版权，里面有你的角色。（得到的报酬配不上这个精彩的故事——既配不上你，也配不上我——不过，我还是打算接受了。）

永远最爱你的

爸爸

1940 年 2 月 19 日

加利福尼亚州 恩西诺区

艾米托伊大街 5521 号

最亲爱的斯科蒂：

听说你在写剧本，我很高兴。回答你之前在信里提出的问题，我的确喜欢托马斯·曼[1]——其实去年夏天我给你列的那张清单上就有他的《死于威尼斯》。我把支票给你的会计寄去了。

我对吉尔达夫的事很感兴趣。跟我说说安德鲁在俱乐部选举中的进展。这里的事依然前景不明。

最爱你的

F.S. 菲茨

付过钱给佩克、佩克、佩克、佩克和佩克了。

1　德国作家，代表作有《魔山》《布登勃洛克一家》等，1929 年获诺贝尔文学奖。

1940 年 3 月 15 日

[加利福尼亚州 恩西诺区]

[艾米托伊大街 5521 号]

最亲爱的斯科蒂：

有一阵子没收到你的消息了，不过，我想我会收到一封你在此之前寄来的信。

关于身体机能，我很遗憾。我没有什么好的对策，除了之前你不怎么听得进别人的话时我常说的那条建议：有时面对一个特别棘手的问题，你可以每天起床后立刻用最清醒的头脑来对付它，这样你就可以将它解决掉。这个方法对我来说总是很管用，因此我对它深信不疑。

没什么特别的新消息。你母亲要出院了，塞尔夫妇[1]当然很高兴。她在信里提起了跟你一起度假的事。如你

1　泽尔达的父母。

所知，我是没办法度假了，除非假期极短。我觉得，对正常人来说，拉扯一个痛苦的人总是叫人低迷沮丧，最终还会被拖垮，所以这种事最好留给那些将它当作毕生事业的专业人士去做。所以，如果那边有人问起你的暑假计划，我觉得，明智的办法是，用最笼统的措辞去答复，甚至可以暗示你已经制订了去北方工作的计划。

最爱你的

爸爸

又及，你的复活节假期从哪天开始？这很重要。别忘了告诉我特恩布尔和其他巴尔的摩人的结局——还有那出戏的情况。

1940 年 3 月 18 日

[加利福尼亚州 恩西诺区]

[艾米托伊大街 5521 号]

亲爱的斯科蒂：

感谢你巨细靡遗的来信。我当然非常好奇表演的情况，也想知道它有多么成功——因为我毫不怀疑它会成功。你打算成立一个类似三角社的社团，我觉得这个想法既独具匠心又充满活力，也让我无比以你为荣。也许对你来说，讽刺剧是比新闻报道更好的表达方式，你没进《杂记》编辑部，可能反倒是好事。我当然渴望不惜一切代价去看这出戏，可我只能等与你见面时听你为我描述一番了。

随信附上 75 美元，希望假期够用。《巴比伦》的剧本还在谈判。如果这事谈成了，而且你一周后已经抵达巴尔的摩，那么我希望你去阿什维尔跟你母亲住上一晚。

现在我的钱还不够，不过我们到时候再看。

　　谢谢你告诉我普林斯顿男孩的新闻。殖民地是个挺好的俱乐部，事实上，它比学位服俱乐部历史更悠久。有段时间人们称之为"五大"，不过我在的时候，殖民地不幸获得了酗酒的名声。我想，它现在应该专产那些不会登上社会名流录、也不大可能获得巨大成功的男孩。希望安德鲁在那里过得开心，虽然毋庸置疑他会有点失望。如果我是你，我会避免跟他谈起这件事。我依然觉得那是一个糟糕而残酷的体系。

　　我们之后再聊暑假的事。这很大程度上取决于我有多少钱。我想，你来这里肯定能找到一份电影方面的工作。能干的人加上一点助力，想找一份低薪的工作并不困难。若你期望的周薪是1000美元以上，那又是另一回事了。然而，我不确定这是不是最好的安排。

　　等第一笔钱到账，我就会处理纽约的账单。希望你立刻写信告诉我，假期你要去哪里。我是指大致准确的日期，这样的话，如果北卡罗来纳之旅可行，我就可以通过电报跟你联系上。

最爱你的

爸爸

又及，我非常希望你能在春假期间拜访墨菲一家。如果你有什么办法能帮上霍诺丽娅[1]——例如让她有个约会——我觉得这对你们都很有好处。当然，别让他们发觉这个建议是我提的。我明白，老朋友若好长时间不来往，再度联系就有些困难，但是，如果你至少会去看看他们，我将非常高兴。

1　墨菲夫妇的女儿。

1940 年 3 月 27 日

加利福尼亚州 恩西诺区

艾米托伊大街 5521 号

亲爱的斯科蒂：

我要改编《巴比伦》了，虽然薪水很低——从周一开始，为期一个礼拜。不管怎样，这总算是一件有意义的事。

今早巴尔的摩来了一封信，让我很不安——你把头发弄成什么样了？有三个人觉得有必要给我写信，向我通报此事。你不能让最后的效果变得柔和一些吗？因为你是慢慢加重效果的，所以我觉得你现在意识不到自己的头发成了什么样。三十岁以上的女性若想美发，没人会介意，但为何要模仿一个在电影里都已过时的样式呢？如果你将一绺头发挑染成金色，效果会很俏皮，因为这绺头发就像被太阳晒到了，可要是将所有的头发都染成金色，反而不会好看。

祝你春季学期好运。我知道这从来都是最艰难的时候，在它来临之际，我有时会产生一种近乎离奇的担心。也许这是因为我在你的信里又嗅到了已销声匿迹一年有余的自负和辩白（也就是，雏菊花环）。请给自己留点倒霉的余地。

爱你的

爸爸

又及，我能理解自负——天哪，难道我不曾自负过吗？只是我们很难意识到自己的自负——尤其时间如此短暂，而我们想做的却那么多。

1940 年 4 月 11 日

[加利福尼亚州 恩西诺区]

[艾米托伊大街 5521 号]

最亲爱的甜心：

谢谢你写信给我。我是在一个没有弗朗索瓦丝[1]的周日夜晚给你写这封信的，希望你能好好读一读。电影的工作明天就要开始了，我会为自己的故事《重返巴比伦》做一笔半领薪水半是投机的生意。也就是说，在我工作期间，哥伦比亚公司会预支我的生活费，如果这部电影能逐一通过制片人、公司、发行人员的审核，我就能拿到更多的钱。往低了说，我们能吃上饭——往高了说，这笔生意大有可为。

我之所以今晚给你写信，是因为预见接下来的三个

1　原文为法语，指弗朗西斯·克罗尔，菲茨杰拉德过去这一年的秘书。[原注]

月工作会相当紧张。（我感觉自己像个罪犯，被揪出了藏身之所，现在该回监狱了。我的庸医和女友来找过我，弗朗西斯像围墙一样保护了我。现在，监狱——哦天哪，那些狱卒！）

为了让你听我接下来免费而友好的建议时心情好一点，我要告诉你，今天我收到了安德鲁两年来写给我的第一封信，他在信上"客观地将你评价为"一个非常漂亮的女孩。我当然很高兴，真希望他们没有把他送进那所由传教士当校长的学校，枉顾了我对他的一番努力。他的信会让你非常自负——要寄给你吗？你在那里似乎是个大人物。

我的建议是这样的——"***"这个名字突然频频出现在你的信上，我猜他应该在你的生活中占据了重要的位置，即便你很少与他见面。很自然地，我在脑中构想出了他的形象——这令我隐约想起了自己跟你一般大时与玛丽·赫西的关系。我想，她应该告诉过自己，我归她所有，因为那些特别的努力。可那对我来说已经变得平淡无奇——由于新鲜感，有些女孩就算不够优秀，也能与之匹敌；而且，你母亲这样的人一现身，就能将之从我脑中挥去。

如果 *** 以自我为中心、迷人、成功，而且满脑子跟我一样的想法——那么，你若想指望他，一定会遇上很大的问题！由于彼此的熟稔与共同的经历，这会非常困难，因为男人只要活着，就会不停地寻找新鲜感。我的意思是，他也许，打个比方，会在旅途中遇到阿比西尼亚女王。你要怎么跟她抗衡呢？

我不是说你非得为自己的弓配上好几根弦——我想你是有好几根弦的。不过，你是不是只喜欢 *** 这种类型的男生？女性可以倾心于三四种类型的优秀男子，就像《坎迪德》和《奇异的插曲》里面的女性那样。你应该有这样的男友，比方说：某位登上《哈佛法律评论》的沉稳知识分子——你可以费点力气，找到这样的人。也许他已经有女友了，但这是可以解决的。重点是，除了 ***，你还没有详细了解过其他类型的优秀男性；你只检阅过其他类型里尚未证明自己的平庸男性（***、***，等等）。你应该结识一下掠夺成性的年轻商界人士，尽管这会非常艰难。也许他会给你挫败，但你应该结识一下这样的人。普林斯顿的风云人物可能是某个常春藤学校的男孩，不是哈维，但他可能会是一个楔子——继承巨大家业的男孩。

以上这些也许都是显而易见的道理，所以别放在心上。信上提到的这些人里有你的朋友吗？

最爱你的

爸爸

又及，付了 35 美元给华莱士公司，40 美元给阿尔特曼公司。随信附上的印刷品提醒了我，我忘了跟你说，如果你有机会开车，不要在雨天踩离合器——只要踩刹车。还有，如果走山路——下坡时要挂跟上坡时一样的挡位。我要搬去城里了，好离工作的地方近一点。所以你可以写信给我的新代理菲尔·伯格吗，地址是比弗利山庄，威尔希尔大道 9484 号，或是恩西诺区的存局候领处，他们会转交给我的。我一有固定地址，就写信给你。

最亲爱的斯科蒂：

抱歉，早上发给你的电报语气不佳，但这代表了我最深切的担忧。你现在所做的跟我从前在普林斯顿所做的如出一辙。当时我为一出音乐喜剧耗尽心力，社长在踢足球的时候，我在写剧本与歌词、组织排演、执导大多数戏份。结果是：我的学业一落千丈，得了肺结核，只得休学一年——最讽刺的是，由于成绩下跌，我失去了担任三角社社长的资格。

我从你的信里猜出你也在做同样的事，一想到这个我就食不下咽。业余工作很有趣，可代价却相当巨大。最终你会得到一句"谢谢"，除此之外再没别的。你演了三场，大家看过，又转眼即忘，但有人崩溃了——就是那个最热心的人。

拜托、拜托、拜托尽量把可以移交他人的工作委派出去，不要耽误自己的学业。看到同样的错误分别出现在两代人身上，实在令人难以忍受。在我给你提过的建议中，这是最直接的经验之谈。理科和哲学怎么办？即便你能找到一个可供学习的密室，你也得抽出时间来温习这两门功课。

　　　　　　　　　　　　　　最爱你的

　　　　　　　　　　　　　　爸爸

最亲爱的斯科蒂娜：

我当然为那出戏高兴。既然它已经结束，我可以承认了，打从一开始我就觉得这个构思很好，而且它是一项了不起的成就——只是有一阵子我很担心这出戏会把你累坏。音乐喜剧很有趣——我想，这比其他任何可供文人一展才华的事情都有趣，而且总有一种迷人的氛围笼罩着它。

你那句"感觉失去了最钟爱的孩子"尤其令我心有戚戚。天哪，我不是常常深有同感吗。我经常觉得，写作就是削去自己的一层皮，留下更瘦削、更荒芜、更贫瘠的自己。不过，至少在未来的二十年里，你根本不用为此担心。

我很高兴你选择和那些人一起去普林斯顿。我感觉你现在仿佛跳了一级。我想吉尔达夫和拉纳汉这样的男孩会比学士服俱乐部的乐天派更"有方向感"。我不是说他们有更多的"抱负"，那是年轻人的普遍特质，半是希望，半是心愿。我指的是某条精心设计的道路，它基于天赋、金钱、悉心指导或这些因素的总和，能让你在资产阶级的迷宫中找到自己的出口——如果你觉得那值得去寻找的话。不过，请记住，两种阵营中都有未来的后起之秀，你不该小觑这些拥有品质与特质的人。你会发现，在利诺·特恩布尔这类看似难以相处的人当中，以及那些极其害羞或外表丑陋的人当中，这样的人尤其多。我当然得在一蒲式耳[1]腐烂的黑莓中翻一翻，才能找到 ***，在普林斯顿如此，后来的人生中也往往如此。不消说，我也犯过严重的错误——其中之一便是 ***。

我本想跟你聊聊暑假的计划——没有什么特别的提议。关于新英格兰的打算，能不能说得更具体一些？你要跟谁一起去？哪些女孩？我知道你能编出很多名字，

---

1 蒲式耳，一个计量单位，在美国，1 蒲式耳约合 35.238 升。

但请详细说明住宿的安排。我想我可以资助这样的行程。我不太希望你来这里，除非你为了挣钱，要来演电影。这里弥漫着无精打采的亚热带氛围。

　　我在写《重返巴比伦》的剧本，薪水很低，不过很有趣，而且也许会有一番成就。你母亲回家后，似乎很开心。我想，至少两个月里不会出现麻烦。

　　　　　　　　　　　　　　最爱你的

　　　　　　　　　　　　　　爸爸

1940 年 5 月 4 日

[加利福尼亚州 恩西诺区]

[艾米托伊大街 5521 号]

最亲爱的斯科蒂娜：

你登上了纽约的报纸，我真为你高兴。你一定很兴奋吧。我注意到你把那张（？）照片放在了背景里，表明你内心深处是个迷人的女孩。说真的，做得好。我只希望你不要因为成绩太差而被勒令退学。不过加利福尼亚永远欢迎你。我们甚至向张伯伦敞开怀抱——如果英国人把他赶下台。我们需要他来当州长，因为害怕亚洲人打着阳伞降落到这片土地上。别担心——圣巴巴拉将是我们的纳尔维克，我们会守卫它到底，就算只剩最后一个制片人。别忘了，就连英国也有诺埃尔·考沃德[1]。

---

1 英国演员、剧作家导演、制片人。因影片《与祖国同在》获得 1943 年奥斯卡终身成就奖。

其实我为你暑假里的一段时日制订了明确的计划——如果你乐意的话——而且我想我会有足够的钱实现这个计划。我在努力工作，常常发烧，体温默默徘徊在 99.2 华氏度上下，这没什么大碍。帮我转告弗朗西斯·基尔帕特里克，虽然我跟她的父亲未曾谋面，但他始终是我心目中的英雄，尽管他一手夺走了普林斯顿大学的橄榄球冠军——他也许是史上最伟大的橄榄球边锋。以后即使你在采访中抨击了我，也要记得寄简报给我。我宁愿读这些简报，也不愿意听你描述那些酸文人是怎么在书里写我的。我早已消受了太多专家的批评，这些专家里也包括我自己。

我想我就快写完一篇闪光之作了。这期《时尚先生》上有我写奥逊·威尔斯[1]的文章，你看了吗？有趣吗？告诉我。连续六封信了，你一直没有回答我的任何问题。你最好赶紧回答，不然下个礼拜我会扣你五美元生活费，好让你知道我依然是那个小气鬼。

---

1 美国演员。代表作有《公民凯恩》《第三人》《历劫佳人》等。

老实说，甜心，我很期待这出戏。我向上帝祈祷，愿你身体健康。

爱你的

爸爸

又及，随信附上五十美分的邮票，供你去买那期刊有关于奥逊·威尔斯的文章的《时尚先生》。

1940 年 5 月 7 日

[加利福尼亚州 恩西诺区]

[艾米托伊大街 5521 号]

最亲爱的斯科蒂：

我们给彼此写信，却从不回答对方的问题。这次我要回答你的一个问题。你问我，在艺术领域，创造新的形式与完善既有的形式，哪样更伟大。最佳答复是毕加索对格特鲁德·斯坦因[1]道出的苦涩心声：

"你先做了一件事，然后别人紧跟其后，将它做得更好。"

在任何真正的艺术家眼里，创造者——例如乔托[2]或

1　美国小说家、诗人。她受到威廉·詹姆斯、柏格森及毕加索的影响，致力于语言文字的创新与变革，风格独树一帜。

2　意大利画家，佛罗伦萨画派的创始人，代表作有《逃亡埃及》《哀悼基督》《犹大之吻》等。

列奥纳多[1]——绝对比丁托列托[2]这样的"完成者"高明太多;同理,原创者D.H.劳伦斯[3]也远比斯坦贝克[4]伟大。

关于你的评论,我还有最后一点想法。你还会接受采访,我也再次恳请你,别向他们提起我和你的母亲,什么都别透露。你曾作过惊人之语,说要立刻给我们写传记。我会一直赞同自己的一个理念,即,我永远不会写任何关于父母的事情,除非他们去世已逾十年。而且我现在四十三岁,自己还有很多话要说,所以我觉得你的打算为时过早。我发觉,你现在完全长大了,你应该能够意识到有意谈论自己的家事并非明智之举——不过有时新闻记者会歪曲你的话。

我还在忙自己的电影,我想它会非常精彩。如果你的暑假计划已经敲定,记得告诉我。我给你额外寄了五美元,没什么来由,只是一封信里若不附带支票,也许

1　指达·芬奇,意大利画家、科学家、发明家。

2　意大利画家,属威尼斯画派,师从提香,是提香最杰出的学生与继承者。

3　英国作家。代表作品有《儿子与情人》《虹》《恋爱中的女人》《查泰莱夫人的情人》等。

4　美国作家。代表作品有《愤怒的葡萄》《伊甸之东》等。

会让你觉得它不完整。倘若你不需要花这笔钱，就把它存进银行户头吧。

最爱你的

疯狂的菲茨（曾是圣费尔南多[1]之灾）

（爸爸）

最亲爱的斯科蒂娜：

　　弗朗西斯不小心把很多东西放错了地方，不巧这张汇款单的存根就是其中之一（其他东西都在她那里）。我训斥过她了，所以她在记录这段口述时，眼中汹涌着泪水。不过，一张签了名的汇款单就算没丢，别人也没法拿它干什么，尤其它是从这里发出的。我希望你去瓦萨邮局支行，表明自己的身份，让职员们检查一下。所以，别担心这事了。我丢了十美元，这是我一整天的薪水，而你丢了五美元，那只是我给你的额外津贴。过一阵子我会让你寄一份总账单给我——不是说我能立刻全部付清，而是因为我想知道你截至期末的开支状况。写信给我的话请寄到：比弗利山庄，威尔希尔大道，菲尔·伯格代理公司。这不难记。

你的暑期计划把我弄糊涂了。你说要跟玛丽·厄尔同住，是指住在科德角[1]，还是指住在瓦萨的哈莉·弗兰尼根老师家？如果是指科德角，我在那里认识一些特别有趣的人——不是那些会让你下意识产生偏见的"老朋友"，而是一些可能会对你敞开心门的人——一些你的同龄人没听说过的人。我在申请一间位于好莱坞中心的公寓，里面有个空房，可供任何闲逛至此的女儿小住，不过你来这里必须事出有因，因为对无事可做的人来说，这个小镇非常沉闷。

庆幸你没在十六岁去普林斯顿，不然现在肯定疲惫不堪了。在人情练达方面，耶鲁比普林斯顿领先，虽然，它可以再领先一点。我热爱普林斯顿，却也经常觉得它是一条废河道，里面的那些势利机构很容易被击败、遭鄙视，除非天生热衷出人头地或巴结权贵，否则你必须找到自己的智识世界与情感生活——若能如此，它会是一个安静可爱的地方，温和而庄严，还会给你独处的空间。

1　又称鳕鱼角。美国马萨诸塞州南部巴恩斯特布尔县的钩状半岛。

当然了，在你描述的简·霍尔氛围之下，它绝对糟糕透顶。如果哪个周末没有安排，就找个男孩陪你一起去那里逛逛吧。

你这一年过得挺好，是不是——这是你之前辛勤耕耘的结果。如果有钱，我会很想见你，就计划的事情跟你滔滔不绝地聊上两天，可惜我们没钱。不过谁说得准呢，也许六月底或七月我们就能见面了。请尽早确定与你母亲见面的事宜，因为我觉得她会焦躁不安。你不一定要在蒙哥马利见她。也许你可以在半路上找个地方与她碰头。能这样安排最好：她不会被完全撇下，而你也不会整天跟某个男孩待在一起。

最爱你的

爸爸

最亲爱的斯科蒂：

这个礼拜没有收到你的信。我很想知道你的整个计划。你去巴尔的摩之前，可以先去探望一下妈妈吗？你说你需要八天的时间。如果你打算来一场田园牧歌式的旅行，或是做出提前度蜜月之类的轻率举动——好吧，我只能提醒你，从阿佛洛狄忒[1]到基蒂·福伊尔[2]，许多女性都曾如此冲动行事，结果发现自己虚掷蜜月的同时也浪费了生命。我知道这已经不关我的事了，我向上帝祈祷，但愿我这番话只是杞人忧天。但是你似乎对此事特别上心。

1　古希腊神话中的爱与美之女神。

2　小说《基蒂·福伊尔》的女主人公，小说 1939 年出版，1940 年 12 月改编为同名电影，中译名为《女人万岁》。

才过了六个月，一切就变得如此不同，是不是很好玩？比如，之前你向《杂记》编辑部提议，让他们换掉上面的文章，这就正如向地方教堂提议，把教堂改成滑稽剧场会更有趣，对不对？他们不正是这么认为的吗，而且觉得更好笑？我的意思是，你变得越来越智慧，我觉得你不会再干那样的事了。你会先写好文章，假装完全同意，然后扔出自己的炸弹。你有没有在《时代周刊》里读到，今年春天《耶鲁新闻》的编辑和其他九个男孩抛弃了伯恩斯，瓦萨没有严格的社会体系，现在你不为此高兴吗？……[1]

1　余下的部分已轶。［原注］

1940 年 6 月 7 日

加利福尼亚州 好莱坞

月桂大道 1403 号

（新地址）

最亲爱的斯科蒂：

谢谢你的来信。我每周都在计划，可一切仍然悬而未决。不过，继续准备暑期学校的事吧，处理好住宿预订之类的琐事。我觉得这件事能顺利进行。我跟一些朋友去旧金山待了一天，发现想逛的展览异常平庸、毫无新意，一天的时间实在太长。不过，艺术展上有几幅克拉纳赫[1] 和埃尔·格列柯[2] 的优秀画作。

在外界看来，瓦萨唯一的过错就是"瓦萨做派"，你曾提起"知识浓度"之感，"瓦萨做派"正是源于这

1　德国文艺复兴时期的画家。

2　西班牙文艺复兴时期的画家，代表作有《圣母升天》《托莱多风景》等。

种感觉。几年前，我在特莱恩遇见 *** 的女儿时，尤其发现这种做派惹人厌烦。我跟她见面不足半小时，她就说尽了关于美国文学的一切——我想她前年已经当上了《杂记》的主编。当然了，"瓦萨做派"并非总是表现得如此淋漓尽致，但是，正如1900年令哈佛在全国不得人心的哈佛做派一样，它在一连串自鸣得意的缄默中显露了端倪。南部的做派好一点——尤其是对长者毕恭毕敬这一点。你可能会发现，某个牙齿掉光、沉默不语的怪老头原来是一门深奥学科的世界级权威，到时你便会觉得，曾用一年左右的浅薄学识评判他、挑他刺的自己着实像个傻瓜。所以，当心这一点，尤其是今年暑假，你会遇到很多白痴，其中一些对战争无比焦虑，而另一些根本不知道发生了什么。

你说我能未卜先知，实在是谬赞了。我的确在1939年预感到战争即将来临，也跟不少人提起了这件事，但这靠的是推算，因为德国在1915年到1918年间出生率下降，他们会用几个新阶层去填补亏空。我们都知道德军没打败仗，伍德罗·威尔逊[1]也不希望德军被打败，他不欣赏英国彻底无望的衰落——二十年来，这显而易见，甚至连英国的知识分子也心知肚明。少数曾经涉猎军事的知识分子明白，慕尼黑的战役输掉了，德国人会把协约国打个落花流水，至少在欧洲是这样。而美国富人会试图背叛美国，做法与英国保守派如出一辙。一夜之间，一场针对所有"颠覆分子"（目前他们的力量被大大地高估了）的大屠杀就会上演，而富人们只有吓得裤子都掉了，才不会继续躲在帐篷里，并开始给自己的孩子谋求军需部门的安全工作。

这里的同志们躲在阴暗处，*** 到处叫嚷着"革命必然任重道远"，换句话说，政党的路线是让国家社会主义（纳粹主义）拿下我们，然后从希特勒干瘪的乳房里哺育出马克思主义！斯大林又犯下了一个愚蠢的错误，跟他攻打芬兰时一样。他没打算让希特勒发展到这个地步。

随着眼下形势的迅速变化，自由派很难拿出对策。战争可能催生任何事物，从彻底的混乱到一场无共产国

---

1 托马斯·伍德罗·威尔逊，美国第 28 任总统。

际指导的美国革命，只是，在我们有生之年，那个我所熟知的、你在其中生活了十八年的世界将不复存在。另一方面，我觉得德国人不可能在南美战争中打败我们。土生土长的美国佬依然是这世上最强硬、最聪明的斗士。他以冷静的头脑玩着最激烈也最艰难的游戏，未来十年内，很难想象会有哪个受压迫的民族会奋起打败他。不过，我觉得你的许多朋友很可能会在巴拉圭[1]或查科[2]的森林中咽气。你听说了吗，雷曼[3]要求在纽约部署防空系统。多么懦弱的恐慌！接下来，我们会看到路易斯·B.梅耶[4]呼吁使用高射炮来保卫米高梅。

这封信变成了东拉西扯，而我还有很多事要做。电影的工作做完了，现在我在写一则短篇小说。我本打算休息一个礼拜，可没有时间。亲爱的，我收到了一封你母亲寄来的信，内容非常沮丧，也收到了一封你外婆寄来的信——后者以谨慎的措辞告诉我，你母亲一度"毒性发作"。我知道这是什么意思，只是希望她至少能给

1　南美洲中部的一个内陆国家。

2　南美国家阿根廷的一个省份。

3　赫伯特·雷曼，美国政治家，时任美国州长。

4　米高梅的创始人之一，被称为"好莱坞之王"。

我两个月的时间。她后来似乎恢复了，但是她自己的信上满纸绝望，而你外婆的信上有我从未见过的灰心丧气。我不知道接下来会发生什么，但是，鉴于这也许是你最后一次见到神志清醒的母亲的机会，我希望你六月份能抽出十天跟她一起度过。这可能会彻底打乱你的计划。但是，记住，你之前的十个月过得随心所欲，这是你欠我的。我不管你什么时候去，但一定要在学校开学之前，而且不要只逗留三四天。

《时尚芭莎》的事依我看没什么问题，只要这不会影响你的其他安排。能不能告诉我，你在暑期学校要选什么课？我记得我写信说过，你下个学年在瓦萨选的课挺好的，除了希腊文明和文学，我觉得这两门课完全是浪费时间。你另外的三门课都是文化课，我希望第四门是瓦萨开设的实用类课程——真希望瓦萨有商学院，或者你可以追加一门法语或其他语言。希腊文化和文学不是九个月就能学会的东西，而且在我看来，上这两门课只是一知半解地白费时间。

希望再过一两天我就能知道要不要继续忙自己的电影剧本——我之前跟你提起过，那是我1931年发表在《星期六晚邮报》的旧作，标题是《重返巴比伦》。你是故事里的主角之一。

最爱你的

爸爸

1940 年 6 月 12 日

加利福尼亚州 好莱坞

月桂大道 1403 号

最亲爱的斯科蒂娜：

　　谢谢你可爱而详尽的来信——它让我很开心，我也不怀疑你对学业的热诚。我觉得你以后将永远是一个勤勉的人，我为此高兴。你母亲总是在思索与琢磨无法解决的问题，这铺就了她通向毁灭的路。她没有接受过教育——不是因为没有机会，她本可以跟我一起学习——而是因为内心的固执。她曾是一个优秀的原创者，拥有比我高涨的热情，但她曾经试图并且仍在试图凭一己之力解决所有的伦理问题和道德问题，完全不去学习数以千计的先人的经验。另外，她缺乏"动力"，这在物理学上是指内在的驱动力——她需要引导或鞭策。赛尔法官的所有子女都继承了这个容易疲惫的特质。而那位老母亲有时候依然精力充沛！

如果你的成绩都是"B"，我会跟你同仇敌忾，反对汤普森院长的意见。然后我会说：既然你不打算当老师或学者，就不要争取得"A"了——不要选那些你能拿到"A"的课程，因为这些课你可以自学。试试难一点的新科目，然后接受你得到的成绩。然而你不会拿自己的颜面冒险，这种难以确定的事令你烦恼。怀疑与担忧——你因此而痛苦，就像我因不善赚钱和曾经轻狂而痛苦。这是你的阿喀琉斯之踵——而且任何人的阿喀琉斯之踵都不会自行坚韧起来。它只会变得越来越脆弱。我的那点成就都是用最艰辛、最繁重的工作换取的，现在我真希望自己从未放松，从未回头去看。可就像我在《了不起的盖茨比》结尾写过的："我已经找到了自己的台词——从今往后这就是最重要的事。这是我刻不容缓的责任——没了它，我什么都不是。"

请给我发电报，告诉我你打算何时去南方，这样我才能安排钱的事。

你就不能在那边扯个谎吗，就说你必须立刻去上暑期班，因为你处于挂科的边缘。不然她们会感到奇怪，为何不用这笔钱让你们一起去海边度个假。我住在这边最小的公寓里，这能让我看起来不像个穷鬼，而我受不了好莱坞的人这样看我。如果电影进展顺利，八月份我会让你母亲出门旅行一次。目前我只给她微薄的生活费，这十年来她消耗了家里的大部分收入。

是的，一路上我都在听广播。老天！一场战争！

你今年暑假经过纽约时，请至少去马克十字街待上五分钟，见一下杰拉德·墨菲。

把哈佛暑期学校的详细资料寄给我。我可以分期付清学费吗？

即便在舞台布景上，皮内罗[1]也不如萧伯纳和易卜生。瓦萨为什么要讲授二流剧作家诺埃尔·科沃德[2]的作品？

你要是过分看重《纽约客》的小说，可能反而会为其所困。那出戏是了不起的成就——我自豪而愉快地承认这一点。我想看看那篇小说，你能给我寄一份吗？

1　指阿瑟·温·皮内罗，英国剧作家。

2　英国剧作家，也是演员、导演、流行乐作曲家。

又读了一遍你的信，你看上去一点也不内向，而是有点兴奋和自负，不过我不为你担心。

最爱你的

爸爸

又及，你想去暑期学校，我必须为此承担更多的工作，但我非常乐意这么做[1]。不过，我希望你先跟你母亲一起待上十天。并且，请详尽地向我汇报你母亲的状况。我正准备把它装进信封，就收到了你让我汇15美元的请求。为了让你拿到这笔钱（弗朗西斯不在），我忙了一上午。千万别再叫我汇钱给你了——现在钱比去年夏天难挣多了。我已经欠了几千美元。若不是罗杰夫妇邀我同行，这次旅行我根本没法去。抱歉，这封信要这样收尾，但你必须省吃俭用了。

1　多年后，女儿斯科蒂谈起这次暑期学校的经历，是这么说的："他（我父亲）最赞成的一件事是他去世那年，我去了哈佛暑期学校。这听起来确实是一个明智的决定，我很高兴我给了他一种成就感。但实际上，那是我如今四十多年生命中回想起来度过的最荒谬、轻佻的时光。……放心，这些事我父亲不尽了解，否则他无疑会由此断定：自己的女儿不仅懒惰，而且打算纵情去过罪恶的人生。"

最亲爱的斯科蒂：

随信附上往返蒙哥马利的机票钱。抱歉没法给你更多，只是在我的剧本即将写完时，制片人要先为勇敢的***拍一部片子，后者将在好莱坞捍卫自己的国家（虽然他被英国政府召回去了）。这影响了爱国而无私的斯科特·菲茨杰拉德：在公司能抽出时间拍我的影片之前，我都没法拿到薪水了；所以我得去找我的老后援——《时尚先生》。

与此同时我还有另一个计划，它可能会带来好运，不过还需要一个礼拜的时间去完善。所以这个礼拜你没什么特别的事要做，除了设法让你母亲高兴起来，以及向***小姐和她联盟里的那些蠢蛋朋友解释斯宾格勒假说，并尽量从中找到乐趣。也许你可以在那里写点什么。那是个风景如画的村子，我一早就发现了，福克纳先生也对此作过详尽的描述。

不管怎样，她们需要你。我会及时把你解救出来，让你去上暑期学校。

爱你的

爸爸

又及，正如我之前说过的，这个夏天我会尝试每周给你 30 美元，如果行程增多，生活费也会相应增加。比如说，我单独拨出了 20 美元，作为你离开瓦萨的旅费，这张支票还包括了额外的 10 美元，这样一共就有 30 美元，这足以应付你目前的交通费（包括往返蒙哥马利的机票）。下一张支票会寄到蒙哥马利。

1940 年 6 月 20 日

加利福尼亚州 好莱坞

月桂大道 1403 号

最亲爱的泽尔达和斯科蒂:

这个下午我真希望自己跟你们在一起。然而此刻我坐在这里，闷闷不乐地想着自己丢掉的福特和一颗牙齿——福特开了三年，牙齿伴我三十三年。照警察的说法，那辆福特（按揭很贵）也许还能找回来，因为那只是某些加利福尼亚男孩幼稚的恶作剧，他们会偷车，然后又会弃之不顾。但那颗牙齿，我对它有了感情。

聊以慰藉的是，我在《科利尔》周刊上看到了一篇自己的小说。1936 年摔碎肩膀之前我就开始写这篇小说，接下来的几年里也一直断断续续地写着。我一度觉得它挺糟糕的，也不知道自己还能不能写出流行短篇小说。目前我一边给《时尚先生》写一篇杰作，一边等制片人的消息，看他能不能把《重返巴比伦》的剧本卖给秀兰·邓波儿。如果这事成了，那么一切都光明多了。

　　斯科蒂，我收到你的成绩了，你最终没被留校察看，我为你高兴。这令我想起了很多事，想起从洛杉矶打电话给你，看你是否在看哈佛队的比赛；想起去年十月系主任所说的悲观前景；想起为你的学业而深感沮丧的那几年，我用上了威胁、祈祷、敦促、奖励、道歉与许诺；然后一年前突然发生了第一个变故，当时你发现瓦萨不在乎你是否学习——或你是否待在学校里。这个故事关于间不容发的逃跑，以及回到我们在和平酒店所过的法国时间的离奇花招。很多人卷入其中。许多个小时、许多天、许多个礼拜被耗在了上面。小说、剧本、旅行全被搁置一边，这一切只是为了达成那个目标，而它本可能被打断，倘若我实施了第一个计划——永远不让你接近任何美国的学校，否则我会任由你变成一个绣花枕头。我不能让你无所事事……

　　刚刚警察打来，告诉我他们已经找到了我的车。小偷把油耗光了，于是把车弃在了好莱坞大道中央。这个可怜的小伙子显然不敢喊人帮他把车推到路边。我希望他下一次得手的是某位制片人的豪华大轿车，车里加了足够的油，两侧的储物袋里各有一把上了膛的左轮手枪，这样他就能真的走上犯罪之路。我不希望教育半途而废。

随信附上四张支票，其中两张（包括一张给你的，斯科蒂）要交给塞尔夫人，充当膳宿费之类的开支。斯科蒂，礼拜一我应该就能给你做一些安排了。与此同时，你要写信告诉我，你是否愿意独自前往哈佛，我想这应该不会吓到你的。如果你想拿到学士学位，你就得补上瓦萨的两个学分，这一点我猜暑期学校可以帮你办到。

目光放远，人们不知道每天的世界形势会变成什么样。我们也许要开战了，就在英国军队覆灭的一个礼拜之后。照目前的情况来看，不到两个礼拜，英国就会撑不住。这可能意味着，我们马上就会卷入加拿大北部和巴西的战争，至少一部分人会被征召入伍。斯科蒂，你拥有同龄人所能拥有的全部幸运——在末日降临欧洲之前去游历了两个月，在和平时期上了两年的大学，之后斯图卡轰炸机[1]的轰鸣才滚滚而来，让这些事变成了泡影。你也见识了男子大学的比赛和舞会，这在我们有生之年

---

1 一般指 JU-87 轰炸机，是 20 世纪 30 年代纳粹德国研制的一种螺旋桨俯冲轰炸机。

也许不复存在。或许我言之过早——如果英国能再坚持两个月，直到我们能提供支援——不过在我看来，我们的任务似乎只是幸免于难。

即便如此，我还是希望你眼下不要卷入任何有关战争的工作，除非那是暂时的。我希望你能完成学业。如果今年夏天你有什么能够取代暑期学校并且很有意义的计划，请立刻告诉我，不过我知道你想做点什么。

我的想法并不像信上所呈现的那般悲观——例如，我现在要停下来，收听路易斯[1]和戈多伊[2]的拳击赛，这会证明黑人至上，或印第安红人至上，或南美印加至上，或别的什么。希望你们经常游泳。我现在一点运动都不能做了，最好是足不出户。但我喜欢你们从高处跳下，匀称优雅地游在水中的样子。

深爱着所有人的

斯科特

爸爸

1　乔·路易斯，美国职业拳击手。

2　阿图罗·戈多伊，美国拳击手。

1940 年 6 月 29 日

加利福尼亚州 好莱坞

月桂大道 1403 号

最亲爱的斯科蒂：

　　我没有时间给你写很长的信，也没法回复你的信了。只谈谈暑期学校的事：

　　有一点似乎很重要：你要么选修能让你拿到瓦萨所需学分的课程，要么选修实用的课程。你提到了经济学——我不知道那里开设的是哪种经济学，不过随着新规则的突然出现，这门学科正在逐渐解体，如果你要选修经济学，一定要考虑清楚，找个聪明的老师——我是指才华横溢的老师，最好是个年轻人。我知道，一个月的时间相当短暂，否则也许我会多想几个提议。由于不在现场，我没法给你建议，只说一点，希望这不是智力层面的针线活儿。

一旦得闲，就写信给我，说说你在那里的情况。

最爱你的

爸爸

1940 年 7 月 12 日

加利福尼亚州 好莱坞

月桂大道 1403 号

最亲爱的斯科蒂：

是 jib，不是 gyb。你由于粗心大意，还犯了一个大错，就是没有给我正确的财务数据，我希望你为此道歉。实际上我存了 12 美元进银行，作为你大半个礼拜的生活费。这令我非常不快。

麦克斯韦·珀金斯写信告诉我，简和她的三个同学要来这里，想见识一下电影业。除了昨天跟我待在一起的秀兰·邓波儿（她的母亲也在场，所以没关系），我不知道还能介绍谁给他们认识。她真是个甜美的小女孩，让我想起了十一岁半的你，当时你尚未沉迷于弗雷德·阿斯泰尔、你侬我侬和电台歌手。不过我跟她的母亲说，这样的情况不会持续太久了。我不知道她会不会演我的电影。

《纽约客》上的那篇文章，你有没有复印件？听说约翰·梅森·布朗讲师深受学生喜爱，而且我觉得上戏剧批评课是非常时髦的做法——虽然令我隐约想起了培训若克斯服务员的学校。这似乎稍稍偏离了戏剧本身。我想，重要的是真正跳脱出这个科目，而终极跳脱则是一所教戏剧批评老师写评论的学校。

这个世界不就是一个污秽之地吗？——我刚看完《生活》杂志，现在赶着去看一场波利斯·卡洛夫[1]的电影，好让自己打起精神来。这部电影能令人为之一振，名叫《早餐中的尸体》。

我一度觉得莱克福里斯特[2]是世上最迷人的地方。也许它以前的确如此。

最爱你的

爸爸

---

1 美国男演员，代表作有《科学怪人》《弗兰肯斯坦的儿子》等等。

2 美国城市，位于明尼苏达州华盛顿县。

1940 年 7 月 18 日

[加利福尼亚州 好莱坞]

[月桂大道 1403 号]

最亲爱的斯科蒂：

　　这个暑假佐证了一点：截至今日你所接受的教育都纯属理论。我对此并无异议，而且我也觉得，为文学工作做准备之时，事情本该如此。不过，你不大可能拥有那种能迅速成熟的才华——我的同龄人 22 岁之前大多还没有开始写作，他们的写作生涯通常始于 27 到 30 岁之间，甚至更晚，其间他们从事着各种各样的工作，诸如写新闻、教学、驾驶帆船或打仗。早熟的才华往往是诗歌方面的，我自己的情况也大致如此。散文方面的才华取决于其他因素——对素材的吸收与仔细拣选，或者更直白一点：有话要说，以及有趣而成熟的表达方式。

　　关于这个问题，如果仅放眼当下，你知道今年夏天

210

工作有多难找。所以让我们看看瓦萨能提供什么。我首先想到的是西班牙语，未来十年内，它一定能派上大用场。加利福尼亚的初中生全都开始涉猎西班牙语了，这样发展下去，未来他们就能把你挤出南美的工作。西班牙语跟法语很像，所以你省去了字母上的麻烦，它的发音和书写一致，而且有非常有趣的西班牙语。我的意思是，这不像学习保加利亚语、齐佩瓦语或某种奇怪的方言——没人曾经用它来表达思想。你不觉得学习西班牙语比学习希腊与拉丁文明明智得多吗？——让我震惊的是，瓦萨居然开设了这种矫情的"课程"。

不知今年夏天你有没有读书——我是指《卡拉马佐夫兄弟》《震撼世界的十天》[1]或勒南[2]的《基督生活》这样的好书。除了大学里要求看的那点节选，你从没谈起阅读的事。我知道去年给你的书里你已读过几本——之后就没再听你提过这事了。你有没有，比方说，读过《高老头》《罪与罚》，或《玩偶之家》《马太福音》《儿子与情人》？你若不能每年汲取六位一流作家的养分，就不可能形成优

1　美国记者约翰·里德的作品，被誉为"20世纪最重要的报告文学"。

2　约瑟夫·欧纳斯特·勒南，法国宗教学家、作家。

秀的文风。或者，就算你形成了自己的文风，它也不是对你所有文学偶像的吸收内化，而只是跟着你刚刚读过的那位作家亦步亦趋——一种大打折扣的新闻体。

别对普林斯顿太严苛。哈佛培养出了约翰·里德，但他们也培养出了理查德·惠特尼[1]，我想后者在普林斯顿会被视为小混混。荣誉制度有时对手法灵巧[2]的上流人士大有裨益。

最爱你的

爸爸

---

1 曾任纽约交易所主席，因挪用公款而锒铛入狱。

2 原文是 light-fingered，也指善于扒窃。

　　我还在忙邓波儿的电影，倘若一位名为 *** 的贪心绅士愿意慷慨解囊，这项工作还会持续一阵子。要是他不愿意，我就会休息一个礼拜，这我承受得起，因为我的咳嗽已经成了公害。

　　你说遇见了一位曾经就读于威斯多佛的女士，我很好奇她是谁。姑内瓦被开除的事与我无关，不过传说就是这么来的——那件事是因为某些耶鲁男生。

　　这份工作的报酬，有一部分花在你的学费上。钱来得不容易，所以我不希望你把它浪费在"1800 年以来的英语散文"这种课程上。任何没法自己读懂现代英语散

1　这封信的开头已轶。[原注]

文的人都很低能——这你也知道。你写作风格的至大缺点是没有特色——这会随时间愈演愈烈。你曾经有过特色——你的日记里有一点，而培养特色的方法只有一个，就是耕耘自己的花园。唯一能帮上你的是诗歌，这是风格最为鲜明的体裁。

例如：你读《梅兰克莎》[1]——它本质上是诗，就能在《纽约客》上发表小说；你读普通小说，就跌回"基蒂 - 福伊尔日记"这种平庸水准。目前对你来说，唯一明智的课程就是"英语诗歌——从布莱克[2]到济慈"（英语241[3]）。不管另一位教授有多聪明，也没法让现代散文的讨论超出茶余闲谈的水准。我能在三个小时内跟你讲完她对现代散文的全部了解，而且我保证，我俩说的大部分内容都是错的，因为我们所说的完全囿于自己的理解。这门课适合那些起步于《蝴蝶梦》和斯嘉丽·奥哈拉、并且想在阅读上更上一层楼的俱乐部女会员。

《奇异的插曲》很精彩，萧伯纳第一次写下这个故

1　美国女作家格特鲁德·斯坦因小说《三个女人》中的一部分。

2　威廉·布莱克，英国浪漫主义诗人，代表作有诗集《纯真之歌》《经验之歌》等。

3　此应是斯科蒂学校课程目录的编号。

事并将之命名为《坎迪德》时，就已经很精彩了。另一方面，你现在生活的每一个小时都直接受到易卜生《玩偶之家》散发出的毁灭性光焰与氛围的影响。娜拉不是唯一走出玩偶之家的人——尤金·奥尼尔笔下的所有女性都走了出去，只是她们穿着更漂亮的衣服。

好了，老师傅说累了——上面讲的都是金玉良言，甜心，我深谙这个领域。你必须分析一下自己的散文创作，否则它会一直停留在廉价的新闻体水准。而你可以做得更好。

爱你的

爸爸

又及，请理解我，我觉得你在学校里选修的诗歌课（我读了那些小册子）完全是家长里短似的废话。但是，如果你能真正领会布莱克、济慈等人的作品，这将给你带来你做梦也想不到的东西，现在，它该来了。

1940 年 8 月 3 日

加利福尼亚州 好莱坞

月桂大道 1403 号 [1]

亲爱的斯科蒂：

简·珀金斯路过这里，碰巧提起她修过"从布莱克到济慈"——我对这门课没那么感兴趣了，因为她说，他们学了艾米·洛威尔[2]的传记，这与科尔文的传记相比，过于甜腻。不过，我在课程目录里看到了"217诗歌写作"。上面写着，"只限12人——需要许可"，而且只给一个学分。这可行吗？我想这门课应该会涉及一些你想读的诗人。目录上还有"莎士比亚研究（165）"和"法国诗歌（240）"，1学分。依我看，有些历史课和哲学课挺好的——哦，天哪，我没法隔着这么远的距离给你提建议。

---

1 这封信的开头已轶。[原注]
2 美国诗人，代表作有《多彩玻璃顶》等。

我只是觉得很遗憾，因为你没法读一点诗歌。

　　只身踏入诗歌并不容易。最初你身边需要有个熟悉这一领域的同好——在普林斯顿时，约翰·皮尔·毕肖普就为我扮演了这个角色。之前我对"诗"一直都有涉猎，但他用几个月的时间让我彻底明白了诗歌与非诗歌的区别。此后，我最早的一个发现便是，一些教诗歌的教授其实很讨厌诗歌，他们不知道诗到底是什么。我接二连三地与他们起争执，最后干脆放弃了所有的英文课。

　　诗歌要么就像燃烧在你心底的一团火——就像音乐之于音乐家，或者马克思主义之于共产主义者；要么就什么也不是，只是空洞而形式化的无聊玩意，学究们能围着它没完没了地注疏与诠释。《希腊古瓮颂》要么美得令人心碎，每个音节都像贝多芬第九交响曲中的音符一样不可替代；要么就是你完全不能领会的东西。它之所以存在，是因为一位绝世天才在那个历史时刻停了下来，然后触到了它。我想我将它读过上百遍了。大约在第十遍时，我开始领会了它的精髓，抓住了里面的和谐韵律和内在的精妙结构。《夜莺颂》也是这样，我每次读这首诗，都会泪盈于睫；《罗勒花盆》同样如此，里

217

面有关于两兄弟的伟大诗节，"他们为何骄傲……"；
还有《圣亚尼节前夕》，其中包含英语文学中最丰富、
最感性的意象，莎士比亚也不出其右。最后是他[1]三四首
伟大的十四行诗：《明亮的星》等等。

一个人若自幼就知道这些，而且长了耳朵，之后就
不太可能分辨不出自己读到的是金子还是糟粕。那八首
诗本身为任何真正想要了解语言的人提供了艺术的标杆，
即最纯粹的感召力、说服力与魅力。读过济慈之后，有
一阵子你会觉得其他诗就像口哨声或嗡嗡声。

你还留着那台法文打字机，对吗？它有用吗？我们
这里也租了一台，三个月只要五美元。你放下狠话，说
要寄钱给我！如果你有余钱，把波基普西[2]的账单付了吧。
我的建议是，拜访完道尔小姐，就去莱克福里斯特，然
后从那里南下，去蒙哥马利。恐怕最后的那一程势在必行。
你母亲特别提起，她想再见你一面，如果你不去蒙哥马利，
唯一的办法是送她去北方见你，这就意味着要送两个人
一起去北方。我知道，九月初去那个炎热的小镇实在无

1　指济慈。

2　美国城市，位于纽约州哈德逊河河畔。

聊——但你这么做其实是帮我的忙。即便是你母亲这样的病人，也需要里程碑——那些值得期待与回味的东西。你要是去看她，她在蒙哥马利就能多一点骄傲和谈资。只要想想她的生活是多么空虚，你就会明白此行的重要性。算一算去芝加哥的旅费要多少，好吗？

你给我写了一封长信，直到现在我都没能答尽信上的问题。等我们能喘口气，我会让弗朗西斯统计一下你今年的花费。

最爱你的

爸爸

又及，当心点，别把我的信给别人看——我的意思是，别给你母亲看。我给你写信时讲话很随意。

1940 年 8 月 12 日

加利福尼亚州 好莱坞

月桂大道 1403 号

最亲爱的斯科蒂娜：

抱歉我没提到那篇小说——你把它卖出去了，我为你高兴，不过我猜你会有些失望，因为没能把它卖给知名杂志。我曾建议你把它发表在瓦萨的某份报纸上——你记得吗？——只是为了让它刊出来，得到一些评论。我也很高兴你因此拿到了一点稿费。我觉得它就像练习曲，不过我自己对它很感兴趣，也没忘了我们反复修改它的那些夜晚。

我在《时尚芭莎》上看到了你的照片，为你得到这份工作而开心。在穷人当中工作，对不同的人来说有不同的影响。如果你自己很穷，你就能与穷人共情，并且感触会越来越深——例如，一艘豪华舰船上的男孩站在破旧帆船的桅杆前，不得不与海员一起忍受同样的困苦，那么他无疑永远理解了海员的某些观点。相反，如果一个本宁顿[1]的女孩到贫民窟工作一个月，与此同时，却每周去父亲的长岛豪宅里度周末，那么她什么也不会得到，除了自诩为女慈善家的洋洋得意。

我对你征服科德角的经过很感兴趣。理论上来说，女孩在十九岁半到二十岁半时选择面最广——反正我是这么觉得的。十八岁的女孩看起来选择面很广，因为身后有一众追求者，但实际上比起稍大一点的女孩，十八岁的女孩也许很少有合意的对象。当然战争在侧，也许你们这一代倾向于仓促行事。1918 年有很多人闪婚。大多数男人平安归来——但我在普林斯顿的一些"同班男生"再也没能见到他们的父亲。

随信附上瓦萨西班牙语课程的资料。记住，学习一门新语言时，打基础的第一个礼拜至关重要。我觉得，如果你努力学上两个礼拜，甚至不惜放弃其他一切活动，接下来的一年你都可以游刃有余，不过如果你没能学好

---

1 本宁顿学院，美国私立学院。

动词的格和变位，那么它会在一个月内变得无比困难，成为你过不去的坎。我在普林斯顿学意大利语的时候发现了这一点——我一开始不够重视，之后想迎头赶上，却为时已晚。结果是，我绝望地考了个不及格，再也没有碰过意大利语。不过，你愿意冒险，我很高兴。

永远最爱你的

爸爸

1940 年 8 月 24 日

加利福尼亚州 好莱坞

月桂大道 1403 号

最亲爱的斯科蒂娜：

　　我能想象晚宴的情景。记得刚和泽尔达结婚时，我带她去年轻的 *** 家，那是一次很棒的冷餐会，不过，通常我们去的地方打从一开始就比普通商人家优越许多。商业是一种无聊的游戏，为了钱，要付出高昂的人格代价。他们"还不错，当你开始了解他们的时候"。普林斯顿有些从商的年轻人我挺喜欢，但我受不了耶鲁和哈佛的那些商人，因为我们连共同的过往都没有。女商人大多空洞庸俗，很容易得手，别的方面也没什么优点。我不是指那些天生的社交名媛，例如玛丽·哈里曼·拉姆西、萨拉·墨菲等人，她们把生活过成了选美比赛，几乎就像女演员。

不过，你似乎很明智，能从 *** 的观点中看出一些蹊跷。大学让你比旁人领先一步，尤其你是个女孩子，而且人们并不急于按你的方式生活与思考。这完全是一个概率问题：如果你嫁给一名军官，你半生都要向不如你的人卑躬屈膝，直到你的丈夫拿到最高军衔。如果你嫁给一位商人，这也很有可能——因为目前商业吸引了大部分最有活力和吸引力的男孩，你就必须在等级森严的商界小心出牌。这就是为什么我一直希望生活把你带到律师、未来的政客或一流记者当中。他们的天地更宽广。

广告业就是一种骗局，跟电影业和经纪业一样。你想做个诚实的人，就得承认它对人类的积极贡献为负。它不过是向轻信的公众做出可疑的承诺（不过如果你把这封信给 *** 看，一切都会完蛋，因为男性总是爱面子，他越是能意识到这个局面，就越是不想去承认）。如果我当年从事广告时就得到提拔，有足够的钱在1920年跟你妈妈结婚，那么我的生活可能会全然不同。不过也很难说。人生路虽然多歧，可大家往往会挣扎着回归本心——也许不管怎样，我也迟早会成为作家。

你还没怎么跟我说过 *** 的情况。他会反对你工作吗？我是指出门工作。除却我推测的个人魅力，以及与商业成功相伴的传统美德，他独立自主吗？他有魄力吗？有想象力和善心吗？他读书吗？他除了享受物质与猎杀鸭子外，还爱好某种艺术、某门科学或其他的什么东西吗？简而言之，他有没有可能成长为一个令人很想与之共度终生的人？这些特质不会等到以后才出现——它们要么现在就潜伏在那里，要么根本不存在。

我问这些，不是要你回答，只是再次向你提出建议，如果他是一个极其标准化的产物，明年你就会发现，这样的人有很多——比你以前见过的多，而且十八岁的你依然年轻，不必立刻定下终身。

我想，二十世纪福克斯电影公司会找我做一份工作，而且这份工作持续的时间可能很长。礼拜一我就会知道最后的结果。我推测《时尚芭莎》给了你一些钱，因为你没有跟我提起自己的经济状况。不管怎样，我附上了

15 美元。等你收到这封信，请连夜写信告诉我，去蒙哥马利需要多少钱。我的建议是：从纽约搭夜船去诺福克，跟塞西共度一日或一晚，然后从那里出发，去蒙哥马利或亚特兰大[1]，要去哪里，看你心意。当然在去见那些行走的神经质之前，你可以跟泰勒夫妇共度一日，他们一直很喜欢你。从纽约乘船去诺福克的旅程真的太棒了。你进入切萨皮克湾[2]和汉普顿港群[3]的角度不一样——几乎像在远洋航行，而且你乘坐的船比从巴尔的摩出发的小渡船更大，也更华丽。价格也合理——比火车便宜。

亲爱的，即使是在开玩笑，我也不希望你用"精神崩溃"这个词来形容未来几年你也许会经历的情绪波动。你们这一代是否太过软弱？如果生活不能总是充满美好简单的决定，你们就会说自己崩溃了。你这代、你母亲那代和你祖母那代的大多数女孩都得在你这个年纪做出艰难的决定，如果你觉得只有你会面对这种负担，那就太傻了。年轻的男孩也一样糟糕——一些男孩说，如果

1　美国城市，位于美国东部。

2　美国东海岸中部，是大西洋由南向北伸入美洲大陆的海湾。

3　美国港口。

自己被征召入伍，就会精神崩溃。但你不是吃着阿司匹林才换乳牙的，我也讨厌"树莓圣代"这个词。直面那些你必须面对的东西，并咬紧牙关。

永远最爱你的

爸爸

又及，请在电报里写明你是否会去诺福克，以及何时去。

1940 年 9 月 5 日

加利福尼亚州 好莱坞

月桂大道 1403 号

最亲爱的斯科蒂：

　　我要忙这个剧本了，在瓦萨开学之前，大概没法好好给你写信了。我读了《大学芭莎》[1]上的小说，非常满意。你加入了一些精彩的改动，唯一的缺点是，因为修改了好几次，所以有些不连贯。小说最好一蹴而就或分三次写完，这要视篇幅而定。分三次写的小说最好连写三天，修改一天，然后就定稿。这当然是理想的状态——在很多小说里，作者会遇上一个必须攻克的障碍，但总的来说，拖拖拉拉或难以下笔的（我所说的"难"，是因为拙劣的构思造就了错误的架构）小说读起来总是不够流畅。

1　原文是 College Bazaar，由信中可知，斯科蒂在《时尚芭莎》打工，给《大学芭莎》投稿。

不管怎样，我为你能发表这篇小说而高兴。见到你的名字，我很开心。

　　说到名字，我不确定该怎么处理。你称自己为"弗朗西斯·斯科特·菲茨杰拉德"，这多多少少把我推到了幕后。它引发了人们对我的关注，我觉得不太好，因为一年后我有本大部头想出版。这是我唯一的异议。范·多伦家出了三个作家，人们早已放弃分辨谁是丽塔，谁是马克，谁是卡尔。恐怕"弗朗西斯·斯科特·菲茨杰拉德"这个名字还是会引起一些混淆。你怎么看？

　　你一直没告诉我为什么你在纽约待了这么久——我猜是有人结婚了，也许是我最喜欢的迷人女孩。十八九岁的女孩都把朋友的婚姻当成自己的惨败，但是孩子，别让这事成为你的困扰。记住你那本旧书上说的，"男人就像街上的汽车"。不管怎样，对这类事情的焦虑只在这个年纪存在，而且毫无道理。如果一切顺利，至少未来的十五年里，你依然对迷人的男性极具吸引力。而这一切都是因为你从来没有刮过腿毛、拔过眉毛或是批评你的父亲！……

　　关于别人的婚礼，我说最后一点——目前你不是非得找对目标，你只要找对道路和办法，比如学西班牙语、涉猎诗歌。说真的，船到桥头自然直。

最爱你的

爸爸

又及，你为我描述了在耶鲁、哈佛和普林斯顿度过的那个周末。相当多姿多彩。似乎一切都没怎么变过。你去过康奈尔大学吗？哦，跟我说实话，我不会扣你生活费的。《大学芭莎》付了多少稿费给你？如果你记得瓦萨装裱店的店名，请写信告诉我，我会在开学前为你把唐·斯旺的普林斯顿蚀刻画裱好。

最亲爱的斯科蒂娜：

希望今年学校不会找你的麻烦，不过看了他们寄来的信——大意是要你提高学习成绩，我猜他们还是会这么做。信里隐约暗示了这一点。你必须尝试了解他们的观点，并学会妥协。他们觉得学校给予了你许多，不希望你只把这个地方当成自我的试验场——

——然而，你跟我却希望如此。我怀揣着普林斯顿的文凭回到了大三，他们花了四个月的时间将它从我手里完全夺走——我被免去了所有的头衔，并被留校察看——他们是这么说的："没有资格参加课外活动。"而我当时还在住院。

别让这种事发生在自己身上。不必如此。好好忙你的事情——还是那出《第一印象》。但是，你曾扬言要把这出戏的担子完全压在自己肩上，如果真是这样，你可能必须拿到"B"，才会让他们觉得你在学习。你在执导时就不能找几个聪明的二年级学生来做事吗——让他们来"继承"你的事业，可以这么说吗？如果有人想凭一己之力挑起三角社的大梁，那么他会彻底崩溃——这是一个花了许多年才建成的复杂组织。

这真的是一条非常明智的建议——你已经建立了这个社团，你希望它能永存。好的——组织一个能够分摊创意工作——我是指困难的工作——的团队。如果你要写剧本、选角、执导、宣传、管理——除此之外还要学习或阅读，那么，这真是一个愚蠢的打算。我知道什么是努力，也尊重努力，但你——以自己的常识为荣的你——不是已经处在竭泽而渔的边缘了吗？

我21岁那年开始写一部长篇小说，这个打算雄心勃勃，也相当困难；而你母亲28岁那年想追上帕夫洛娃[1]，这个想法不切实际，也绝无可能。如果你打算在没

1　俄国芭蕾舞者。

有导演和团队的情况下处理好这件事，同时还想兼顾《时尚芭莎》的工作、你的倾慕者、游戏和派对，那么灾难会随之而来。想要看出这一点，我根本不需要是先知——只要当个最漫不经心的旁观者。没有什么潜在的成功值得你用健康来换取。

我几乎可以断定，你今年暑假没有顾上这出戏——所以现在它成了你最关心的事。你要是不立刻坐下来，想好自己可以做到的事和没法做到的事，然后找别人来处理后者，那么，你就会逐步陷入巨大的混乱。相信我——他们会让你处理所有的工作，并且由衷地钦佩你——正如他们由衷地钦佩我。他们还给我送了花——不过不是送到我所期望的镁光灯下，而是送去了病房。

你充满爱意但有点担心的

爸爸

又及，随信预支了你下个礼拜的生活费，因为我知道你的那些行程会让你身无分文。

最亲爱的斯科蒂:

很高兴你喜欢《死于威尼斯》。我没看出它和《道林·格雷的画像》有什么联系,除了两者都暗含同性恋情愫。《道林·格雷的画像》只不过是一个情节有点紧张的童话故事,它激励十七岁左右的青少年投身智力活动(对你产生的作用就跟对我产生过的一样)。他日你再读一次,就会发现这部小说本质上是幼稚的。它处于"文学"的底层,正如《飘》处于大众娱乐的上层。而《死于威尼斯》是艺术作品,属于福楼拜学派——但丝毫没有着意模仿。王尔德的《道林·格雷的画像》有两个原型: 巴尔扎克的《驴皮记》和于斯曼的《逆流》。

上完这堂文学课,我只能对瓦萨近乎荒凉的状态深表同情，并向你保证，许多离开的人会因放弃学业而抱憾终身。说到这个，顺便问一句，大三难道没来很多其他学校的转学生吗？我想，经历了过去的这一年，一切都会步入低潮。你几乎拥有了想要的一切——在瓦萨，在巴尔的摩，在大多数地方。这很幸运，只是在我们的生活中，这样的情况不会再出现了。当然，现在你应该树立新目标——此刻就是心灵重生的时刻。一旦陷入物质世界，一万个人里也没有一个人能抽出时间去培养文学品位、鉴别哲学观念的对错，或形成——因为想不出更好的措辞——我也许会将之称为对生活明智而悲观的感觉。

我指的是藏在所有伟大事业——从莎士比亚的到亚伯拉罕·林肯的——背后的东西，它能追溯到书籍刚刚诞生的时候——这种感觉就是，生活的本质是一场欺骗，生活的环境充满挫败，而用以补偿的不是"幸福和欢愉"，而是从奋斗中获得的深层满足。一旦从伟人的生活与总结中学会了这个道理，不管自己身上发生了什么好事，你都能收获更大的快乐。

你提起你们这一代是多么优秀，但我觉得你们跟内战以来的每一代美国人一样，都有一种莫名的想法：你们会接管地球。之前你听我说过，我觉得大多数三十岁以上美国女人的面孔是写满暴躁与困惑不幸的地形图。

　　好了，就说到这里。你从不回答我信里的具体问题。你笼统地说起你的课程，却不会谈及个别的科目。关于你笔名的那个问题很重要——我不希望你沿用我的两个名字，比如在《大学芭莎》里。

　　　　　　　　　　　　　最爱你的
　　　　　　　　　　　　　爸爸

1940 年 11 月 2 日

加利福尼亚州 好莱坞

月桂大道 1403 号

最亲爱的斯科蒂娜：

听着收音机里哈佛与普林斯顿的比赛，伴着那些老歌，我想起了自己四分之一个世纪之前的往昔岁月，而你正生活在那样的时光里。我想象着你在那里的样子，虽然我不知道你是否在那里。

我记得很久之前，我有个经常给我写信的女儿，可如今我不知道她去了哪里，也不知道她在做什么，所以我坐在这里，听着普契尼[1]："有天她会写信来（Pigliano edda ciano[2]）。"

最爱你的

爸爸

1　贾科莫·普契尼，意大利作曲家，代表作有《波希米亚人》《蝴蝶夫人》等。

2　这句歌词的意大利语。

我记得很久之前，我有个经常给我写信的女儿。

最亲爱的斯科蒂娜：

经你的推荐，我开始读托马斯·沃尔夫[1]的书[2]了。这本似乎比《时间与河流》好一点。他有个兼收并蓄的好头脑，下笔风驰电掣，情感也丰沛——尽管其中不乏矫揉失准之处。只是，字里行间透露着他致命的秘密——他没有什么真正要说的东西！至关重要的美国之心只是陈词滥调。

他完美地重述了沃尔特·惠特曼、陀思妥耶夫斯基、尼采和弥尔顿说过的许多东西，但不同于乔伊斯、T.S. 艾略特和欧内斯特·海明威，他自己没能补充任何新鲜的

---

1 美国作家，代表作有《天使，望故乡》等。

2 指《无处还乡》。[原注]

观点。好吧——一切都很糟，个人境遇太差了——那又怎样？大多数作家的写作之路上铺着如坚实金条一般的东西——譬如欧内斯特的勇气、约瑟夫·康拉德的技法或者 D.H. 劳伦斯紧张的同居生活，但沃尔夫太过聪明，不愿如此，我说的"聪明"是指最叫人看不起、最现代的聪明。像《纽约客》的法迪曼那样聪明，像他假装鄙视的评论家那样聪明。不过，这本书没有犯下致命的错误：它依然具有生气。但是，我希望你思考一下，为什么你会觉得它比毛姆《人性的枷锁》这种左拉式自然主义作品更优秀，或者，思考一下，它是否真的更优秀。你喜欢他借"福克斯哈尔[1]"这个人物来刻画麦克斯韦·珀金斯的那部分吗？我觉得麦克斯韦看了会心情复杂。

我要抽出一天的时间，不写小说，去见牙医、医生和我的代理，见代理是为了讨论电影的事：我二月是否要回归电影业，以及具体的时间安排。我还省下了一个小时，冲进了天使不敢涉足的地方[2]。我不认识 ***，只

1　福克斯哈尔·爱德华，《无处还乡》中的人物，托马斯·沃尔夫借这个虚拟的人物生动地刻画了传奇编辑麦克斯韦·珀金斯。

2　"冲进了天使不敢涉足的地方"，出自亚历山大·蒲柏的诗句："傻瓜们喜欢冲进天使都不敢涉足的地方"，意指鲁莽行事。

能从你跟我说的信息和你给我看的那封信里拼凑起他的形象。不过听上去，他似乎有淡淡的薰衣草味。我完全明白你说的德怀特·菲斯做派是什么意思——有时哈佛做派看上去就是这么装腔作势——不过如果一个男人在21岁就厌倦了生活，这通常意味着他厌倦了自己身上的某个特质。有一件事我可以确定：在接下来的两年里，你会接触到很多非常优秀的男人。我记得鲁伊·莫兰[1]曾忧心忡忡，因为她认识的迷人男性都结了婚。最终她把这种担心变成了一个信条：如果一个男人没有结婚，又不是单身，那么他就不是最拔尖的男人。她抑郁寡欢了好一阵子。大海一如既往，满是鲨鱼、鲸鱼、鳟鱼和金枪鱼。对于你这样的女孩，最大的坎是，你本可能在十六岁就耗尽了自己的感情。我想在那关键的两年里，我们把你的生活安排得相当忙碌，这就减少了三分之二的可能性。对你来说，生活应该是有趣的，而且你还有大把的时间。我唯一的希望是，你应该跟一个不太平庸的人结婚。

1　美国女演员，代表作有《爱丽丝漫游城市》《横跨大西洋》等。

拉纳汉误判了你的性情。你能勇敢地面对逆境，但你实在太过嗜睡。两年前你在这里的出色表现归功于你下船之后一直没睡，虽然你在船上睡过了！这几乎成了你的一个特质，你永远不该在极度疲劳的时候做重要的决定。

最爱你的

爸爸

又及，圣诞节的费用没问题，但你要细水长流地花。我写完这封信后，电话响了，医生看了我的心电图，不准我出门。所以现在我就算想去片场，也没法去了。尽量省出往返巴尔的摩的交通费。

1940 年 12 月 7 日

加利福尼亚 好莱坞

月桂大道 1403 号

最亲爱的斯科蒂：

我把你下周要兑的支票寄给你。还来得及吗？我也会把火车票等费用一并寄去。我仍在卧床休息，但还在努力写作，而且感觉好多了。这是一次普通的心脏病发作，我只要更加仔细地照顾好自己就行了。我又往上搬了两层，可能还得再搬，不过不必立刻行动。

你为皮驰思所作的文章让我很感兴趣。你写这篇文章的时候，应该只想着皮驰思，这样它就能绝对忠实。不过，以后我很想读一读。《科利尔》杂志的编辑利陶尔上个礼拜来过这里。他非常喜欢你发表在《纽约客》上的文章。他也许会给你开出很高的稿费，比其他人开出的都高。说到这个，记住，哈罗德·奥伯的建议只在一定程度上有用。他是一位"普通读者"，在他看来，我卖给《星期六晚邮报》的小说里，大约有三分之一对方不会买。跟所有的经纪人一样，他阅读时急于嗅出纸上的金钱味——所以，关于文学，永远不该问他的意见，不过他在其他方面当然是一个非常优秀的经纪人。

我希望自己的小说保持神秘。在一件事完成之前，不要透露它的内容：我觉得这是一个挺好的法则。一旦透露，你便仿佛失去了它的一部分。它再也不会如此完整地为你所有。

我觉得，你的圣诞计划没问题。

最爱你的

爸爸

最亲爱的斯科蒂娜：

希望你已经收到那件小外套了。这件外套是希拉的，几乎从没上身，她想将它送给你。我觉得它很好看——也许能丰富你那单薄的衣柜。弗朗西斯·克罗尔的父亲是皮毛制作工，他帮你改了一下，没收钱。

所以，拜托你立刻去写这些信：

（1）给希拉的，不要强调克罗尔先生的贡献。

（2）给弗朗西斯的，赞美衣服的款式。

（3）给我的（行文时顺便提及这事），要让我能把这封信拿给希拉看，因为她一定会问起你喜不喜欢这件外套。

如果你能赶紧写完这些信，我就好办多了。赠送礼物的人要是三个礼拜后才收到感谢信，即便信上满纸歉意，他也不会觉得开心——你把快乐从那个试图令你快乐的人那里偷走了（菲茨杰拉德传道书）。

最后，给阿拉巴马的人[1]编个故事，就说这件外套是从某个女孩那里买来的，别说它跟我有关。

至于其他：我还在卧床休息——这次是由于二十五年的烟龄。父母就是你的一双负面榜样。去做那些我俩没有做过的事吧，这样你就会安然无恙。不过，圣诞节期间对你母亲好一点，尽管她萌生了对占星图腾的崇拜，而且肯定会在那段日子里将它强加于你。她信上的每一点都写得妙不可言，除了那些至关重要的事。没法当一个社会生物，这是多么奇怪啊，连罪犯都不会如此——罪犯称得上是法律的"忠实反对派"。可精神失常的人永远只是世上的过客，他们是永恒的门外汉，随身携带破碎的十诫，自己却没法读懂。

我还没读完托马斯·沃尔夫的小说，没法做出最终

1　指泽尔达及其娘家人。

的评价，不过那篇关于火的小说很精彩。我只是担心他塑造了一大堆人物，在后面却没有交代。"艾米·卡尔顿"（就是艾米丽·戴维斯·范德比尔特，她以前常来我们在巴黎的公寓——你还记得吗）的形象塑造得非常完美，呈现了她迷离的灰色眼睛和原封不动的语言。她努力联系汤姆——没能成功——1934年，在蒙大拿州一座孤零零的平房里亲手结束了自己的生命。对杰克太太的刻画也非常精彩。我完全相信她！

最爱你的

爸爸

又及，看在萨默塞特·毛姆的分上，别忘了写信！

未署日期的片段

优秀的创作都是屏息潜泳。

结论是：它既不会为你赢得经济独立，也不会带来不朽的声名。但是，倘若可行，将它发表是明智之举——即使没有稿酬，或是只在学校的杂志上刊出。这会给你带来一种属于自己的文学存在感，也能让你接触其他致力于文学创作的人。你的文学之路，我帮不上太大的忙。我可能会说，我觉得，如果一个人未曾尝试写好一首五步抑扬格十四行诗并以失败告终，未曾读过布朗宁的短篇戏剧诗，那他一定没法写出简练的散文——不过这只是我自己接触散文的途径，你的也许不一样，正如欧内斯特·海明威的就不一样。我若不是在你那抑扬顿挫的轻快叙述之下找到了一丝斯科蒂娜独有的韵律，就不会写这封长信了。目前你还缺乏真诚——读者会说："那又怎样？"但是，会有那么一个奇怪的时刻，你想说出实情，而不是丑闻，不是表面现象，而是发生在舞会上或舞会后的事情的深刻本质，也许那种真诚会来到你的身边——那时你就会明白，想让一个茕茕孑立的拉普兰人感受一下去卡地亚一游的重要性，也是有可能的！

我卖出的第一篇东西是二十岁那年发表在《诗人传说》上的一首韵诗。

感恩节我会想办法不从出租车里冒出来，免得你在那些"好"女孩面前丢脸。用"好"字来形容出身富贵的女孩，是不是有点过时了？我敢肯定，三分之二的艾索沃克女生至少会有一位在纽约、芝加哥或伦敦的贫民窟里兜售旧皮革的祖辈。而且，倘若料到你会接受都会富人的标准，我宁可让你念一所南方的学校，在那里，学校的标准没这么高，"好"这个字也不会贬值到如此荒谬的程度。见识了这个花花世界之后，我想不出还有什么路能比往返公园大道与和平街更易招致灾祸。

他们是没有家的人，不甘出身美国，又学不会另一个国家的文化；往往看不起自己的丈夫、妻子、祖辈，却培养不出引以为傲的后代——即便他们还有勇气生育；以彼此为耻，又依赖着彼此的弱点，对自己身处的社会秩序构成威胁——哦，我何必继续？你知道我对这类事情的看法。如果我到了之后，发现你去过公园大道，你得把我当成佐治亚的乡巴佬或者芝加哥的杀手才能糊弄过去。上帝保佑公园大道。

我还在写《居里夫人》的剧本，终于能做审查员无法反对的工作了，真是让人松了口气。这会是一部相对安静的电影——就像《文波街的巴雷特一家》[1]那样。不过，关于这位女性，我了解得越多，就越觉得她是我们这个时代最值得钦佩的人之一。我希望能在故事里融入一点这样的感受。

面对某些观点，你必须保持谦逊。一场有组织的运动席卷了全球，在它的面前，个人轻如鸿毛。这是事实，你没法绕过它，也没法挑衅或战胜它。如果有天你觉得自己非常勇敢、目中无人，却没能受邀参加某次大学运动，那么读一读《资本论》里关于"工作日"的可怕章节，

1　由西德尼·富兰克林执导、珍妮弗·琼斯主演的一部电影。

看看自己是否还会这么想。

　　许多作家，例如康拉德，都曾得益于与文学毫无关系的成长环境。这能提供丰富的素材，更重要的是，能提供一种看待世界的态度。如今，很多作品欠缺在既没有态度，也缺乏素材，只有从纯粹的社交生活中积累起来的那点东西。而世界通常不在海滩上，也不在乡村俱乐部里。

家庭成员大事记

　　1940 年 12 月 21 日，圣诞节前夕，弗朗西斯·斯科特·基·菲茨杰拉德因心脏病发作在好莱坞的公寓内去世，享年 44 岁。在他去世前，代表作《了不起的盖茨比》并未获得广大赞誉，已破产的他在遗嘱中要求举办"最便宜的葬礼"。

　　1942 年，女儿斯科蒂从瓦萨大学毕业，次年，嫁给了当地一位知名律师塞缪尔·杰克逊·拉纳汉，并育有四个孩子。她先后在《华盛顿邮报》《纽约客》等刊物担任记者、作家，并于 1992 年入选阿拉巴马州女性名人堂。

　　1948 年 3 月 10 日，斯科蒂的母亲泽尔达·赛尔·菲茨杰拉德在阿什维尔高地医院的一场大火中丧生，享年 48 岁。

　　1967 年，斯科蒂与拉纳汉离婚，同年嫁给了第二任丈夫 C. 格罗夫·史密斯。1980 年，两人离婚。

　　1986 年 6 月 18 日，斯科蒂因癌症在蒙哥马利病逝，享年 65 岁。她被葬在父母墓旁，父母的墓碑上镌刻着《了不起的盖茨比》的结尾："于是我们继续奋力向前，逆水行舟，被不断地向后推，直至回到往昔岁月。"

后浪微信 | hinabook

筹划出版 | 银杏树下
出版统筹 | 吴兴元 | 编辑统筹 | 尚 飞
特约编辑 | 郝晨宇 | 责任编辑 | 唐 婧
装帧制造 | 墨白空间·Yichen | mobai@hinabook.com
后浪微博 | @后浪图书
读者服务 | reader@hinabook.com 188-1142-1266
投稿服务 | onebook@hinabook.com 133-6631-2326
直销服务 | buy@hinabook.com 133-6657-3072
后浪出版咨询(北京)有限责任公司